不良老人の文学論

筒井康隆

Essays on Literature & Other Subjects 2004-2018

YASUTAKA TSUTSUI

新潮社

不良老人の文学論　目次

Ⅰ　半島の貴婦人

Ⅱ　情欲と戦争

Ⅲ　今、二極分化の中で

IV 不良老人はこんなに楽しい

附 インタビュー

不良老人の文学論

Ⅰ

半島の貴婦人

宗教と私

我が家は先祖代々真言宗である。菩提寺は大阪心斎橋にある準別格本山・三津寺。三津寺筋にあり、大阪では「みってらさん」と呼ばれている。ここの墓地が千日前にあり、お寺からは墓参りに行くのに心斎橋を通り、いわば「心ブラ」をしながら歩いて行く。ここの檀家は昔からこの心斎橋近辺の大店の旦那衆だったのだが、ご承知のように最近はゲームセンター、アパレル、コンビニなどに追われて名店がなくなり、昔の面影はなくなった。われわれから見れば惨状、とも言える有り様だ。旦那衆も阪神沿線に居を移していて、だからお彼岸には住職がいちばん遠方にある神戸・垂水の我が家まで来てくれる。遠い方から順に来るので我が家へお見えになるのは早朝だ。小生、朝に弱いので、寝ているうちに来られ、起きた頃には帰ってしまわれていたりする。

昔から「おじゅっさん」と呼んでいた住職は親しくしていた先代が亡くなり、今はそのお孫さんが来てくれている。先代の住職のことを「せんじゅ」と言うがこれはなかなかのお人だった。千日前の墓が大雨で水浸しになった時など、このお住さんと一緒にお墓の掃除をしたことがある。「すみませんなあ」と言うお住さんにおれが「いやいや、これも修行ですから」と言うと大笑いをされた。真言宗御室派のこと、お経のことなどを教えてくれたのもこの人である。「オンアボキャーベーロシャノーマカボダラマニ……」という「光明真言」は子供の頃父親から口移しに教えてもらっていたが、真言は奥が深いということを教えてくれたのは先住である。いくらでも深読みができ、だからある意味誤解もされ易く、例えば髑髏の前でセックスをするという真言立川流などといった邪教まで現れる。

大阪市内にあった墓地は都市開発で多く他に移されたが、千日前の墓地だけはそのままだ。繁華街にあるから浮浪者が入り込んだり供え物が食われたりするので、きちんと整備され、夜間は入れなくなった。墓地の真ん中あたりにある筒井家の墓の隣は、「今頃は半七さん、どこにどうしてござるやら」というあのくだりで有名な浄瑠璃「艶容女舞衣《はですがたおんなまいぎぬ》」の、三勝半七《さんかつはんしち》の墓である。この千日前で心中したのだ。そんな古い墓地だから、とんでもない差別戒名がつけられていたり、「酒呑顚倒居士」などという罵倒に近いものがあったりする。父親は科学者だからというので戒名を拒否していたが、動物学者だったから「獣士」などという差別戒名を恐れたのかもしれない。位牌を作るのに戒名なしではどうにも具合いが悪いので、先住にお願いして作ってもらうと「蓮法院鳳園嘉堂居士」という立派な戒名になった。「園」は動物園長をしていたからで「嘉」は嘉隆の嘉。うまくつけるものである。

法事のたびに親戚たちと共に聞かされた先住のお説教は実に面白かった。これはお説教ではなく、先住が家にお出でになった時に聞かされたことばだが、若い子たちの悪事に対してその責任はわれわれ寺の者にもあるのではないかという述懐だった。昔のように悩み、煩悩のある者が寺へ相談に来るということもなくなった今、むしろわれわれが機会ある毎に若い人たちと話すことが大事なのではないかということであった。なるほど、そう言われてみれば、おれも若い頃からお住さんからこんな話を聞かされていればよかったのにと思う時もある。

先住が亡くなられた時の葬儀には夫婦で参列させていただいたのだが、この時は驚いた。遅れて行ったにもかかわらず檀家の旦那衆が居並ぶ中、一番前の席に案内され、京阪各地から来られた百人を越すお坊さんたちと対面する形になったのだが、このお坊さんたちが一斉に声明をはじめたのである。とてつもない迫力であり、乱れることがない。圧倒的であった。

などと書いてはいるが、真言宗はあくまで先祖代々から受け継いだ信仰であって、小生自身は別段それほど熱心な仏教の信者ではない。

幼い頃には「カトリック聖母園」という幼稚園に通っていた。ここではイエス様の教えを叩き込まれ、さまざまな逸話を教わり、のちに作家になってからは特に調べたりして勉強することもなく『ジーザス・クライスト・トリックスター』などという馬鹿な芝居を書き、自ら一座を組んで出演したりする素地となった。大学はカトリックではなくプロテスタントの同志社大学で、ここには必須科目として「宗教学」というものがあり、チャペルアワーという時間もあった。お祈りをし、お説教を聞くのである。「宗教学」でどんなことを教わったのか、ほとんど忘れているが、ただひとつ、「他の宗教やその信者を軽蔑したり敵意を抱くような宗教であってはならない」ということだけは記憶している。小生は文学部だったが、ここの神学部はたいへん優秀で、現在月に何冊もの著作を出版している佐藤優なんて優秀な人が出ていたりする。イスラム教についてきちんと教えている大学もここぐらいではないだろうか。

だからと言ってキリスト教徒になったわけでもない。いわば無宗教であろう。ただ、そんな環境だったので、宗教的な神ではなく、そのさらに上に何かが存在しているのではないかという気がしてはいたのである。さもなければこんなに精緻な宇宙が偶然できてしまうわけはあるまい。だいたい人間というものが生きて動いているというのが不思議そのものである。宇宙がマクロの世界であるならば人体というのはミクロの世界であって、どこまでも無限に探索が可能であり限界というものがない。ではその無限の世界をプログラムし、作ったのはいったい何者か。それはどういう存在か。子供の時から何となく、上の方にいる存在として意識してはいたのだが、一方では親の本や着物を売り飛ばして映画を見歩いたり買い食いをしたりと、結構悪いこともしているので、さほど畏れていたわけでもない。それでも時には「ああ。こんなことをしているのを上の方にいる存在が見ていたとしたら」などと思うこともあったのだ。それが気になっていたからか、小生SF作家になってから『エディプスの恋人』という長篇に、自分は宇宙意志であるという存在を老紳士の姿で登場させていたりもする。

何者かによるプログラムがなければこんな宇宙が、地球上のことに限っても、進化の結果とは言えこういう完璧な形で出来するわけがない。ではそのプログラムは誰によって作られたのか。そんな疑問はずっと持ち続けていたのだが、トマス・アクィナスやライプニッツに出会ったのは十数年前のことだ。と言ってもきちんと読んだわけではなく、たまたま読んだ哲学雑誌の何冊かに掲載されていた短い論文や紹介文、その他の「宗教的な神を否定している」哲学者や神学者、時には作家たち、即ちそれはダマスケス、クザーヌス、フォイエルバッハ、ヴォルテール、シュトラウス、バウアー、ロック、デカルト、スピノザ、そして特にディヴィッド・ルイスなどの小論文や紹介文を断片的に読んだだけだったのだが、これによって以前からの宇宙意志の存在という考えがまとまってきた。ディヴィッド・ルイスの多元宇宙に近い考えはＳＦそのままだったのでなおさら同感だった。だから、それらと同時に現存する宗教上の神というものを否定する考えにもなってきたのはしかたがない。

こうして小生の最後の長篇『モナドの領域』を書く下地ができてきた。なぜ最後の長篇かと言うと、幼い頃から徐徐に培われてきて、成長するにつれ次第に確実になってきた自分の考えの、今までどこにも発表していなかった思想をすべて吐き出すことになるのだから、あとはがらん堂であって、もうこれ以上のものは書けるまいと思ったからである。「最後の長篇」というのは『モナドの領域』の謳い文句にした。「本当にもう書かないのですか」と問う編集者や読者に対しては「ではあれ以上のアイディアは何かありますか」と反論することにしている。何しろいつ死ぬかわからないのだから、もしえんえんと長生きをして金に困ってきても書けないと断言している以上書くことはできない。それ相応の覚悟の上の発言なのである。

小生現在八十二歳。馬鹿な長篇を書いてしまって天罰が下るかどうか。まあ死にかたを見ておいて下さい。

（月刊住職２０１７年１月号）

ずっと大江健三郎の時代だった

乃村工藝社を辞め自身のスタジオを持って間もなく、まだ二十七、八歳の頃だったろうか。もうSF作家たちとは親交があったのだが、特に親しくしていた小松左京はその頃から頭角を現していて、ぼくは彼をとんでもない知性の持ち主と認識していた。その彼が大江健三郎と対談し、それが掲載された雑誌を読んでぼくは打ちのめされた。なんと小松さんが大江健三郎と対等に話している。内容は高度過ぎて何が何やらわからない。これほどの知性がなければ作家には勿論、SF作家にすらなれないのか。当時のぼくにはSFは単に娯楽小説に過ぎず、それに比べれば純文学などは難解で、とても手の届く小説ではなかったのだ。

まだ乃村工藝社にいた頃、すでにSFを書き始めていたぼくは、石原慎太郎の衝撃的なデビュー以来文学青年並みに芥川賞レースには興味を持っていて、雑誌に掲載されるたび開高健や大江健三郎の新作を読んでいた。ただしそれらを読みこなすだけの文学的素養はまったくなくて、ひたすら雲の上の神々のレースにしか見えていなかったのだ。芥川賞を取ったばかりの大江さんと、友人だった小松さんが対談しているのを読んで以来、ぼくは大江健三郎を遥かなる目標のひとつとして向学心の焦点としたようだ。

それから十数年後、すでに作家になっていたぼくはその間もずっと読者であり続けた大江健三郎の近作「万延元年のフットボール」というタイトルから「万延元年のラグビー」というパロディ作品を思いつき、閉塞状況の中での叛乱を安保闘争と重ねあわせたこの傑作を、井伊大老の首を争うドタバタにしてしまった。勿論ぼくとしては熱烈なオマージュのつもりだったのだが、この頃から大江さんはなんとなくぼくが自分の読者であることを悟られていたようで、「時折あなたの矢がこちらに飛んでくる」といったおはがきを頂戴するようになった。別の作品で「大江研のザブローニ教授」などという人物を登場させていたせいでもあったろう。

初めて逢ったのは何かのパーティだったと記憶する。その時の写真があるが、ひとつ歳下の大江さんは堂々としていて、その前でぼくはひたすら照れている。そして大江氏はその後、「海」の編集長だった塙嘉彦氏にぼくのことを推薦してくれた。ぼくは純文学雑誌に書くようになり、ついには純文学書き下ろし特別長篇として「虚航船団」を発表する。これはぼくが大江健三郎の最高傑作と呼んでいる「同時代ゲーム」が出版されたことに刺激を受け、同じ叢書からの出版を目指して書いたものだ。頻繁に手紙をやり取りし始めたのはこの頃からであったろう。井上ひさしの「吉里吉里人」とも出版された時期が近かったため、ぼくはこの三作を三位一体と呼んだりして勝手に悦に入っていたものだ。大江さんは「同時代ゲーム」の一般的不評に落ち込んでいた筈だったから、ぼくがあちこちでこれを褒めたことはずいぶん慰めになったに違いない。

突然大江さんから岩波書店を介して、テリー・イーグルトンの「文学とは何か」が送られてきた。文学理論の基礎的知識を学ばせようとしたらしいのだが、ぼくはこの本の面白さに夢中になり、この面白さを何としてでも小説にといぅとんでもないことを考えつき、かくて「文学部唯野教授」を岩波の「へるめす」に連載することとなる。これがきっかけだったのかどうか、岩波書店が大江健三郎、井上ひさし、筒井康隆の鼎談を企画してくれた。これが「ユートピア探し　物語探し——文学の未来に向けて」という本になった。鼎談の席で大江さんが「筒井さんは皆の言ったことを纏めようとするんですね」と言ったことが記憶に残っている。そうか、文学論を何も無理に纏める必要はないんだとこの時思い知らされたものだ。

その後も大江さんは何かにつけぼくの役に立ちそうな、ある時は書物であったり情報であったりもするさまざまな知識を伝えてきてくれた。未読だったディケンズの「荒涼館」をぼくに送るよう筑摩書房に伝えてくれたこともあり、これはわが生涯最良の読書体験のひとつとなった。ロシアの最前線のＳＦを紹介した本も教えてもらったが、これはどちらかと言えば「同時代ゲーム」につらなる内容の本が多く、だからこそぼくに読ませたかったのだろうが、生憎作家としての資質が逆の方角を向いているぼくにこの本だけは自分の作品として生かせなかった。

その後も大江さんと話す機会を持ちたいと思い、ぜひ井上ひさしを加えた鼎談の再現をと期待して大江さんに手紙でそう持ちかけたのだが、大江さんから「それは見果てぬ夢に終りそうです」という返事を貰って衝撃を受けた。大江さんは井上夫人から彼の臨終が近いことを知らされていたらしい。そして井上ひさしは死んでしまった。ぼくはもうひとりの恩人、ぼくがメジャーになるきっかけを作ってくれた丸谷才一さんを引っ張りだそうと考えた。なんとも乱暴な話だが丸谷さんはこの時御歳八十六歳、ずいぶん無理をして鼎談に来て下さった。それからほどなくして亡くなった。そしてぼくも八十歳を越えた。大江さんも八十歳を越えた。最近は彼からの音信が絶えている。しかし今でも何かにつけ大江さんの言動を思い出す。大江さんと共にあった時代はまだ続いているのである。

（群像２０１７年９月号）

若者よ「同時代ゲーム」を再評価せよ

おれは今でも夢に見る。壊す人、オシコメ、ダライ盤、アポ爺《ジー》ペリ爺《ジー》の二人組、シリメ、亀井銘助、木から降りん人、ツユトメサン、コーニーチャン、露一兵隊といった特異なキャラクター人形がフィギュアとして文具店で売られているのを。さう。それはなぜか玩具店でも書店でもなく文具店なのだ。それはおれの書いた、登場するのが文房具ばかりという「虚航船団」が「同時代ゲーム」へのオマージュでもあったからだろう。この豊富なキャラクターを受け入れるだけの想像力を持たなかった当時の批評家たち、日常性に毒された文学に毒された批評家たちをおれはアホと思い、キャラクター小説全盛の今ならもっと評価されたに違いないとも思うのだ。人類学的パズルに過ぎないと酷評された「同時代ゲーム」。このゲーム的リアリズムの時代であれば誰がそんな馬鹿を言うであろうか。

今だからこそ言うがこの長篇に圧倒され、その不遇に我慢できず、ＳＦ作家クラブ事務局長だったおれはこの作品を顕彰しようとして日本ＳＦ大賞の設立に奔走したのだった。結果、「同時代ゲーム」のためという設立趣旨が無視されて授賞に到らなかったことはまことに残念だった。

だが若者諸君、今こそこの早過ぎた「同時代ゲーム」という作品の時代なのだ。今これを読み、再評価することこそ君たちの使命なのである。

（週刊新潮２００８年８月７日号）

井上ひさしのこと

彼は健康に気を配っていた。文学賞の選考会のあと、彼は手配されているハイヤーをことわり、地下道を歩いて東京駅に向かうのだった。鎌倉駅から自宅までも歩いて帰っていて、その姿を鎌倉に住んでいた息子が何度も見かけている。あんなに健康に留意していたのになんで、と思う。

彼は喫煙していたが、会議の時など、煙草を喫いたくなるとまず一本出し、それを指さきでいつまでも弄びながら話し続けるのだった。それはまるで、なるべく煙草を喫わぬために話し続けているように見えた。あんなに健康に留意していたのになんで、と思う。

息子が鎌倉に住んでいるという話をすると彼はいつも「一度、飯でも一緒に」と言うのだったが、こんなに忙しい人がなんでおれの息子なんかとと思い、笑って聞き流していたものだったが、その後も何度か鎌倉の息子の話をすると必ず「一度、飯でも一緒に」と言うのだった。しまいには二人の間でそれが繰り返しのギャグのようになってしまった。

彼が文壇的にはまだ無名のころ、「ひょっこりひょうたん島」のスタッフと一緒に、おれや野坂昭如や小松左京ら当時の流行作家たちが談笑しているホテルの一室に取材でやってきたことがあった。おれたちは彼らに面と向かい「ひょっこりひょうたん島」をずいぶん茶化した冗談を言って笑ったものだったが、今から考えると冷汗ものである。

ペンクラブの大会の分科会で、彼は講演をした。そのあと立った評論家が彼の近作への批判をした。論難に近い馬鹿げた理屈だったが、彼は怒りもせず冷静にこれに応え、相手があまりにもしつこいのでついに「これはいつまでやっても水掛け論になりますからやめましょう」と言って論争を打切った。ぶち切れやすいおれにあんなことはとてもできないと思い、感心したものだ。

文壇バーの「眉」で飲んでいる時、彼がおれに「あなたは都会の天才で、ぼくは田舎の努力家なんです」と言ったことがある。彼とは二か月違いの同い年生れだが、おれより早くから東京に出てきていて、ずっと浅草にいて何が田舎者なものかと思ったものだが、作品のために、それで図書館ができるほどの膨大な資料を買い込んでいる彼のことを知っていたから、この発言はまさに自分の軽薄さを思い知らされる思いだった。

一度彼の真似をしようとしたことがある。「四千万歩の男」の向こうを張って関孝和を書こうとしたのだ。和算の本をたくさん買い込んだものだが、とりかかろうとしても一指も動かなかった。彼の努力に勝てる作家は今後も出るまいなあ。

彼は「手鎖心中」で直木賞を取った。同時に候補になっていたおれは落選した。受賞パーティへ祝いに駆けつけたりしたことなども含めて彼はずいぶん心苦しく思っていたらしく、その後文学賞の選考会では「この人を落すと、筒井康隆に直木賞をやらなかったみたいなことになります」と、しばしば発言してくれていたらしい。

文学賞の選考では彼はいつも感想を含めた作品のあらすじを語るのだった。そんな面倒なことを他の委員はやらないから、不真面目なおれなど、一度読んだきりで忘れているその作品の細部などを思い出させてもらってずいぶん助かったものだ。その一方、自分が推薦する作品を受賞させるためにやむなく他の作品を批判する時はなんだか話しにくそうだった。褒めることが得意で、貶すことが不得手な人だったと思う。わが断筆後の最初の長篇についての彼との対談ではずいぶん褒めてくれた。なんとなく孤立無援と思っていたので実に有難かった。

彼は何でもできる人だった。歴史と戦争が彼のテーマだったと思うが、同時に娯楽性も追究していた。戯曲「ムサシ」の序幕、武蔵が小次郎を倒したあと、「そちらにお医者はおられぬか」と叫ぶくだりなど、これからの絶妙の展開を予想させる名場面であろう。こうした高度なユーモアになってくると、おれなどの及ぶところではない。

彼には語り尽せぬほどの世話になったが、一方でおれが彼にしたことと言えば「吉里吉里人」に日本SF大賞をあげたことだけだ。彼が入院したという知らせに、昨年の元気な彼を見ていて大したことではないと思っていたおれは、恢復したら元気づけに大江健三郎と三人で爆笑イベントができないかなどと考えていた。そのことを手紙で書いたおれに、すでに夫人から電話で病状を知らされていた大江さんの返事のはがきは「あなたのお手紙の爆笑座談会の話は、もっとも美しい見果てぬ夢かと考えます」というものであり、不明だったおれはまるで自分の死のように彼の死を覚悟したのだった。まったく、彼の死によってこんなに寂しくなるのだったら、自分が死んだらどんなに寂しいことか。

（新潮２０１０年６月号）

言語による演劇──井上ひさし『言語小説集』

オーストラリアの有袋類、といえばカンガルー、コアラ、ワラビー、クスクスなどが思い浮かぶが、実はこの有袋類、この大陸にいる多くの動物に適応放散している。例えばフクロアリクイは有袋類でありながら見かけはどう見てもアリクイなのである。同じくフクロオオカミ、フクロギツネ、フクロネコ、フクロネズミ、フクロモグラはそれぞれ、ただ腹に子供を入れる袋があるというだけで、他は形態的にも生態的にもオオカミ、キツネ、ネコ、ネズミ、モグラなのだ。ではオーストラリア原住民のアボリジニはどうなのかというと、これは有袋類ではなく人類であって、腹に袋など持ってはいない。腹につけた袋に赤ん坊を入れた人種もいるが、これはアフリカの連中であって。

だんだん話が横道に逸れてきたが、ではこの有袋類を文壇のアナロジーとして考えるとどうなるか。作家でありながら学者または教授、という人がいる。作家なのに歴史家という人も多い。作家はすべて批評家でなければならないという議論もあるし、作家でありながら宗教家、作家でありながら政治家という人もいる。いちばん多いのは作家でありながら遊び人という連中であるが、この代表格が誰かは差障りがあるから書かない。

では筒井康隆はというと、これはあきらかに作家でありながら役者である。現実に役者もやっているということだけではなく、例えば大江健三郎が作家である自分自身の眼で世界を見ている純然たる作家であるとすると、おれなどは主人公あるいは登場人物の眼でしか世界を見ていないということになり、やはり役者なのだ。有袋類でいえばフクロモモンガといったところであろうか。

では井上ひさしはどうであろうか。これは作家でありながら劇作家だとおれは思う。世界を演劇的に見ているからである。井上ひさしの多くの戯曲作品から彼が劇作家だということは誰の眼にも明らかだが、小説においても彼は世界を演劇的に見ている。例えば小説における彼の代表作『吉里吉里人』では、吉里吉里という架空の舞台を通して世界を描いている。他の小説もすべて、首尾結構がきちんと三一致的に処理されていて演劇的だ。

この『言語小説集』という短篇集に収録された作品は「中央公論　文芸特集」に随時掲載されていたもので、最初の短篇「括弧の恋」は当時読んでずいぶん驚かされた作品だ。これに似たおれの作品に「句点と読点」があるが、これはテレビで如月小春が朗読したことでもわかるようにただ読者を驚かせ笑わせるだけの作品だった。しかし「括弧の恋」は多くの記号を擬人化して記号の世界を描き切り、記号論にもなっている。それぞれの記号の役割と配置がみごとである。

「極刑」はまさに劇作家＝演出家としての視点で文法による言語理解を考えた作品。役者にとっていちばん困難なのは抽象的な言語の連なりであり、それは例えばシュール・リアリズムの詩のような台詞などであるが、ここではそれを越す困難な台詞を役者に言わせる残酷な劇作家＝演出家を登場させている。まったくもう、なんということを考えるのか。

意味不明の長ぜりふなどというものは、役者であるおれなどには虚構としてさえ想像することもできない。

「耳鳴り」は雑音の世界を描いた作品。耳鳴りに悩まされるミュージシャンが、それを雑音で掻き消そうとしてさらに症状が悪化し、ついには脳の中で気合をかける癖ができ、その気合が意味を持ちはじめ、それに誘導されて内心の本音を怒鳴ってしまい、警察に突き出される。ここでは雑音の擬声語による表現や、現実に存在する騒音の羅列がみごとである。こんなことを列挙できる根気は他の作家にはなく、このあたりが井上ひさしの独壇場なのであろう。

「言い損い」はものを言い損なう癖のある青年の話。そもそもは最初、渡米先の学校で英語の会話による子音の先取りという言い間違いに発したのだが、優秀な母親に支配されているという観念から「論理的な言い損い」が激しくなり、誤解され続けるのだ。言い間違いと言えばフロイト理論が想像されるが、著者はそんな安易な解説はしない。ラストはハッピーエンドが想像される明るい結末。これに類するわが作品としては「関節話法」というものがあり、何度か朗読会で演じて好評を得ていることでもわかる通り、ひたすら観客を笑わせるためにのみ書いた作品だ。

「五十年ぶり」は作者お得意の方言ものである。おれの場合、駆使できる方言は今や方言とも言えなくなった関西弁だけだが、井上ひさしは故郷の東北弁からの敷延で各地の方言に詳しく、この作品では人が喋るのを聞いただけでその出身地を当ててしまうという方言学者が登場する。著者は多くの方言辞典を参考にしたというが、おれなどいくら辞典を引いたところでこういうものは書けない。地理的感覚の必要な方言に加え、ここでは時間の感覚までが加わり、五十年の時を遡るのだ。

「見るな」も方言ものだが、東北の船越方言がジャワやスマトラ、インドネシア語、マレー語との類似にまで拡がり、作者お得意の標準語批判、方言擁護論にもなっているが、最後はそのチャンポン方言がとんでもない大役を果たすという結末がみごとである。

最後の「言語生涯」はタイトルから想像できるように言語障害の話である。言語障害ギャグというのはおれも大好きであり、「関節話法」もそうなのだがたいていは抱腹絶倒を誘う。この「言語生涯」でのギャグも絶品揃いだ。チェーホフ「煙草の害について」に似た講演会の記録という体裁になっているが、あっという結末。これに似たわが作品には丁寧語と罵倒語をくり返す症状を持つ男を主人公にした「鬼仏交替」がある。

このようにおれと井上ひさしは似たような言語感覚を共有しながらもその表現方法はずいぶん違っていて、彼の存在はとても刺激的だった。惜しい男をなくしたものだ。

（波2012年4月号）

面白さに拘り続けた人

昭和四十二年、丸谷才一は貝殻一平の名で讀賣新聞に大衆文学時評を連載していた。この頃から彼は日本の私小説的な暗い近代文学を嫌っていた。ここでわが「ベトナム観光公社」が山田風太郎作品とともに取り上げられて、小生が直木賞候補になり中間小説誌にデビューするきっかけとなる。「人間の想像力には無責任空間というものがあり、こういう笑いを憤慨してはならず、小説家の芸をほめたたえるべきなのである」そしてわが文章を小気味よい良質の文体と持ちあげてくれた。すぐさま「小説新潮」の横山正治、「オール讀物」の鈴木琢二、「小説現代」の大村彦次郎が次つぎと原稿依頼にやってきた。丸谷さんは、このままではいつまでもSF雑誌にだけ書いているマイナー作家かと気落ちしていた小生を中央文壇に引きずりあげてくれたのである。

直木賞に何度か落ちたのちのことだが、丸谷さんは小生と池澤夏樹に谷崎賞を与えてくれた選考委員の一人でもある。池澤夏樹もまた丸谷さんによってスポットを浴びた作家だった。また丸谷さんが早くから村上春樹を推薦していたことはよく知られている。だが彼もまた芥川賞を取れなかったのだ。文壇のなんとなくおかしい部分が丸谷さんによって暴かれていくようでもあった。その後も小生は丸谷さんの強い推薦によって読売文学賞も貰っている。節目節目で力づけてもらったわけで、わが今日あるは丸谷さんのお蔭といってよい。丸谷才一、大江健三郎の二人が同時代の作家であったことは何という幸福であり、幸運だったことか。何かに迷っている時、丸谷さんが機会を与え、大江さんが嚮導《きょうどう》してくれたのだった。

丸谷才一の凄さを感じたのは「女ざかり」を読んだ時である。女主人公は新聞社の論説委員なのだが、その論説の何回分かを字数行数そのままで書いているのだ。これは新聞の字数制限や行数制限、その他用語用字などの厳密さを知っている者にとってはとんでもない離れ業である。さらに同じ頃発表したわが作品「パプリカ」との物語構造が似ていたこともあって感激し、「ほとんど退廃的なまでに爛熟したディケンズ的市民小説」と書評で激賞したことから親密におつきあいするようになった。対談や、谷崎賞の選考会などで親交が深まったのである。三年前テレビ番組で「女ざかり」を取りあげた機会に、この傑作が絶版になっていることを知り、ぎゃあぎゃあ騒いだために再版され、丸谷さんからは「友情に感謝」というはがきを貰って、少しは恩返しできたのかなと思ったものだ。おつきあいとしては他に「輝く日の宮」の書評を書かせてもらい、わが翻訳「悪魔の辞典」に解説を書いていただいている。

蘊蓄を面白く読ませる技術を持つことでは誰も丸谷才一には敵わなかった。処女作の「笹まくら」から最近作の「持ち重りする薔薇の花」に到るまで、時には一見本筋と関係なさそうに思える蘊蓄が登場人物や語り手によって語られるのだが、これはごく普通の知識や知性を持つ読者にとっても実に面白く、しかもそこいら辺の専門書などでは享受できない新鮮なモダニズム思想による蘊蓄だからこたえられないのである。丸谷さんには「文学のレッスン」という、もと「文學界」編集長でわが担当でもあった湯川豊のインタヴューによる著作があるが、その造詣の深さは驚くばかりであり、おれはこんな凄い人と平気で対談などで話していたのだと思うと慄然としたものだが、よく考えてみれば話す以前からその凄さはよく知っていたのであり、蛇に怖じない盲である無謀さこそがおれの作家性であり小説家としての良さなのだと自分を慰めるしかない。

丸谷さんとは八年間にわたって谷崎賞の選考委員を共にさせていただいたのだが、選考が終って食事をする時も丸谷さんは座を楽しませることを好まれていた。面白い話を面白く語る話術、話芸と共に、あの大笑いは忘れられない。それが聞きたいばかりに井上ひさし、池澤夏樹らとギャグを競いあうような形になったものだ。丸谷さんを大笑いさせた時の歓びというのは観衆に受けた時の喜劇役者のそれに匹敵する。真面目な文学的議論は別として、小説、エッセイ、座談、すべてにわたり丸谷さんは笑いに拘り続けていた人だと思う。

昨年、大江健三郎、小生、丸谷才一の三人で朝日新聞と「小説トリッパー」のための鼎談をしたのが最後になってしまった。あれは至福の時間だった。礼状を兼ねて「またあんなことがあればいいなあ」という感想を書いたところ、「ではそのように心がけておきましょう」という返事をいただき、これはこれでまた大変なことだから書かなきゃよかったと反省して恐縮していたところだった。亡くなった日の夕刻、文藝春秋・村上和宏や朝日新聞・大上朝美からの訃報で、絶対に九十歳は超す筈と思っていたからえらいショックだった。元気そうだったし、「持ち重り……」と併行してもうひとつ長篇を書いているという話も聞いていたのだ。何より残念なのは現在朝日新聞に連載中の、古語や枕詞を多用した「聖痕」を読んでもらえなくなったことである。喜んでもらっていた筈なのでまことに口惜しい。年上、同い年、年下の作家や友人が次つぎと他界する中、すばらしい先輩をまた一人なくしたことはこの上ない悲しみだ。

（群像２０１２年12月号）

ふたつの世界の人

ドラマと小説のふたつの世界で生きているという共通点に着目しての、この追悼文の執筆依頼だと思うが、実際に久世光彦と私の関係は、そのふたつの世界で共に極めて密接であった。

久世氏は小説家としての出発がずいぶん遅かった。「一九三四年冬―乱歩」で山本周五郎賞を受賞したのが五十歳代後半であり、当然書くことはたくさん溜っていたであろうから、われわれ同年代の作家たちに比べてずいぶん多作であり、いずれも秀作だった。「一九三四年冬―乱歩」は調べの行き届いた描写と緊密な文体で乱歩の時代を活写していた。

山本賞受賞当日、記者会見にやってきた彼に初めて会い、「一度ドラマに出してよ」と冗談半分に言ったのを彼は憶えていて、テレビドラマ「涙たたえて微笑せよ・明治の息子・島田清次郎」に新潮社の初代社長・佐藤義亮の役での出演を請われた。彼は何でもそつなくこなす役者が嫌いであり、「それ以上巧くならないで」などと言われ、ずいぶん変な演出家だなあと思ったものである。

この役がたまたま上出来だったので、森繁久彌が幸田露伴を演ったテレビドラマ「小石川の家」で斎藤茂吉、佐藤愛子原作のテレビドラマ「血脈」では島村抱月と、明治大正期の文化人を演らされ、「響子」というテレビドラマではヒロイン田中裕子の、結核にかかって寝たきりの夫、などという役もやらされている。最初のうち出るのが嫌だったが、家庭のダークサイドの不気味な雰囲気を出すためであったろうが「あんたの低音が欲しかったんだ」と彼は言っていた。このことに関しては久世氏自身が「週刊新潮」の連載エッセイ「大遺言書」の中に書いている。

彼は稽古場でも両切りのピースを喫い続けていて、皆が弁当を食べている時も煙以外は何ひとつ口にしなかった。食事をしないのかと訊ねると「歯がないので、皆の前でものを食うのが恥かしい」と言う。彼のダンディズムであったろうが、そんなことしていてからだは大丈夫かいなと人ごとながら心配したものだ。自分に歯がないためか、「義歯をして以来タ行の滑舌が悪くなった」と打ち明けると彼は大いに喜んだ。「その方がいい」

味が出るから、と言うのだった。

彼は上質の小説を次つぎと上梓し続けた。ちょうど彼の演出による向田邦子原作の「冬の運動会」が新橋演舞場で上演されることになり、靴屋の親爺の役を頼まれて出演したのだが、その稽古の途中、彼の「蕭々館日録」が谷崎賞の候補になった。選考委員をしていたので、本当は候補者に知らせてはいけないことになっているのだが、彼にそのことを耳打ちした。とてもいい作品だと思ったし、彼の小説世界とドラマの世界が合体したような象徴的な作品だったので、強力に推すつもりだったのである。

火事になった実家の屋根に、主人公である三人姉妹が次つぎにあがってくるというクライマックス・シーンがある。久世氏のドラマや舞台にかかわっていれば、ああこれは大舞台のせりを使用したクライマックス・シーンであり、三人姉妹は誰と誰と誰、などと配役までわかってしまうという濃密な読み方ができる醍醐味があるのだ。だから前節の「象徴的」というのは、久世氏が舞台化を意識した初めての作品という意味である。

あいにくこの時の谷崎賞候補には、川上弘美の「センセイの鞄」が入っていた。これも傑作であり、二作品を推す立場になってしまった。結果は、「蕭々館日録」に反対する委員がいたため「センセイの鞄」だけが受賞した。極めて残念だったのだが「蕭々館日録」はすぐに泉鏡花賞を受賞した。本当は落ちた作品のことを書いてはいけないという規則めいたものが谷崎賞にはあるのだが、泉鏡花賞受賞でほっとしたため、選評にはそのことを含めて残念の意を表明した。しかし久世氏は「誰にも言ってなかったのに」と困った顔をしていた。

「冬の運動会」がいよいよ本番を迎える時になって、久世氏が駄目出しをしてきた。靴屋の親爺にしては立派すぎるというのだった。こっちはけんめいに下町の靴屋の親爺を演じているつもりだったし、共演者たちも「そんなに立派には見えない」と言ってくれているのに、初日があけてからも楽屋まで来て「立派すぎる」と言うのだった。どうしていいやら、ずいぶん困ったものだ。

同年代のしかも年下の友人に死なれるのはつらい。まだまだやりたいことがあったことははっきりしている。谷崎賞、あげたかったなあ。彼も欲しかったのではないか。「大遺言書」がスポーツ紙主催の文化賞をとった時のパーティに彼が招待してくれたその席は、なんと岸恵子さんの隣席、浅丘ルリ子さんや森繁久彌氏と同じテーブルだった。そのお礼に、挨拶の時「次の谷崎賞は必ず差しあげます」と言ったら、彼は最後の挨拶でこう言ったのだった。「皆さん。次は谷崎賞の受賞パーティでお眼にかかりましょう」

（新潮２００６年５月号）

半島の貴婦人

稲葉さんには前後三回、お目にかかっている。和服を着ておられる時が多かったが、常にすっきりと背筋を伸ばしておられ、貴婦人の趣きがあった。膵臓癌は発見された時にはもう手遅れと一般に言われているが、いろんな人の話を聞いたところでは今年の二月十四日、小生が最後にお目にかかった時にはすでにご自分の病気をご存知であったらしい。それでも毅然として泰然自若、病気のご様子にはまったく見えなかった。だからこそ訃報に驚愕したのだった。

作家稲葉真弓を小生、現存する作家の誰よりも早くから知っていたのではないかという気がする。というのも四十年ほど前「蒼い影の傷みを」で女流新人賞をとられた時からの読者なのだ。なぜそう思ったのか今では読み返す機会もないのでよくわからないのだが、えらく威勢のいい女流作家があらわれたものだと感じたことを思い出す。その十九年後、二十二年前だが、今度は女流文学賞受賞の「エンドレス・ワルツ」という作品を読んで、これは友人でもあったSF作家の鈴木いづみとアルトサックス奏者だった阿部薫との凄絶な夫婦関係を描いた作品で、なにしろあの天才ジャズマン阿部薫とは山下洋輔トリオと共に神戸のわが家に泊めたりしたほどのつきあいだったからこの作品はとても嬉しかった。

あとで稲葉さんに伺ったところでは、あの夫婦と直接のつきあいはなかったということでまた吃驚《びっくり》させられた。

次がいよいよ「半島へ」である。第四十七回谷崎潤一郎賞の候補作になったこの作品を読んで感動したものの、選考委員だった小生は「こんな地味な作品、推すのは自分だけじゃないか」と危惧しながら選考会に臨んだのだったが、さすが皆さん谷崎賞選考委員だけあって作品の良さを全員が認め、○が四つに△がひとつという、票が割れることの多い谷崎賞にあって満票に近い、近年稀に見る絶讃に近い形での受賞だったのだ。選評には小生こう書いた。「これはいわば志摩半島の歳事記（歳時記ではなく）であろう。主人公は生地の名古屋や、生活してきた東京から離れて半島へやってきた女性だが、それまでとはまったく異なるその自然環境にほとんど恋してしまっているのだ。人間に関してなら、その別荘地の近くに住む人たちとの交流も、都会にいた時につきあいのあった人たちを思い出すのも、すべて自然の変化や自然とのかかわりあいがきっかけである。そうした自然のたたずまいの、川端康成賞を受賞したばかりの優れた描写力に、自然科学者を父に持つ小生の血が大いに騒いだことは当然であったろう。初老期における自然への回帰を表現してみごとと言うほかない。小生本来文学的冒険や実験に乏しい作品はあまり認めないのだが、事件らしい事件も起こらずひたすら身辺のみを書いた長篇というのも、現代にあってはひとつの小説的冒険ではないだろうか」

授賞式でも小生がスピーチしたのだが、この日にはじめて稲葉真弓と対面した。小生はこの日、ことさらに「受賞おめでとうございます」とは言わず、このような素晴らしい作品を得たことは谷崎賞の名誉である、稲葉真弓さん、この度はありがとうございましたと言ったのである。稲葉さんはこのスピーチを喜んでくれて、二次会にまで招いてくれた。二次会では彼女に話したがっている人たちを差し置いて彼女と対面でながく話し込んだのだったが、帰宅してのち妻に指摘され、なんと背広の肩に雲脂《ふけ》がいっぱい積っていたことに気づき、ああっ、あの稲葉さんの前だったのにと、恥かしさで身もだえしたものだ。

二度めは一昨年の十二月十七日。野間文芸賞授賞式のパーティでだった。稲葉さんは和服姿もゆらゆらと、にこにこしてあっちからやって来た。「群像」に連載している「創作の極意と掟」の「色気」の項で稲葉さんをとりあげたのがお気に召したようだった。そこではこう書いている。「稲葉真弓は志摩半島に別荘を持ち、そこでの一年を『半島へ』という長篇で描いているが、彼女の自然描写は滴るような色気を含んでいて驚かされる。五月の新緑の中で羊歯の茂みを雄の雉子がゆったりと歩いている美しさ、海辺の光や風の中に抱かれているという感情。主人公は自然の変化の中に完全に身を委ねているのだ。初老の女性にしてただごとならぬ色気である」そして、続く文章ではなんと「死」について書いているのである。「そしてここでも『死』が色気と密接にからみあって現れる。散歩の途中でふと動物の死骸に遭遇したり、森の中を死に場所に選んだ女性の白骨死体などが作者に死を思わせ、彼女自身のことばによれば、『すぐ傍らに死があるから《いまの瞬間》をこのうえなく美しく感じたのだろうし、書いている幸福感を感じることができたのだという思いがこみあげてきた』というのである。これこそがすべての作家の持つべき感情ではないだろうか。そこにこそ小説としての色気があると筆者は言いたいのである」

今年の二月、最後にお目にかかった時の彼女の色気は忘れられない。中条省平との対談で講談社へ行くと向かいの部屋でやっている鼎談書評に出席していた稲葉さんが、挨拶に来てくれたのだ。この時何やらお互い恋愛感情めいたものが一瞬の火花のようでもあった。

稲葉さんありがとう。そしてさようなら。もう逢えないのですね。

（群像2014年11月号）

そうですか五十周年ですか

もうあれから五十年になるんだなあ。ＳＦ作家クラブに入れてほしかったんだが、なかなか入れてもらえず、最初、会合に出た時はゲスト扱いだった。デビューは十年近く前だったのに、やっぱり「宝石」出身だからかなあ、などと僻んでいたことを思い出します。いよいよ入会と決ったことを小松さんから告げられ、「行いを慎んでください」と釘を刺されたりしたものだが、おれ、何も悪いことしてないのに、なんであんなこと言われたんだろう。プレイボーイという事実ではない評判を立てられていたことも災いしたのだったかもしれない。とにかく人望がなかったよなあ、おれ。

そんなおれがなんと今では最長老ではないか。冗談ではないのだ。皆さん。頑張って長生きしましょうね。

（日本ＳＦ作家クラブ50周年記念サイト）

星さんについて、言い忘れていたことなど

そうそう、星さんは少し寂しがり屋さんでした。

SF作家クラブで、故・大伴昌司の墓参りに熱海へ行った時のことです。待ち合わせ時間にやや遅れて、ひとり電車に乗っていると、品川から星さんがやはりひとりで乗ってきました。こちらはお墓の場所へひとりで行けるかどうか不安だったので、星さんを見てほっとし、立ち上がり、近づきながら声をかけると、星さんはこっちを見て、一瞬、とても嬉しそうな顔をしました。ああ、星さんもやっぱりひとりが不安だったのだと思いましたが、あの時の星さんの顔は忘れられません。

いつの頃からか、何か問題が起ると、こんなとき星さんならどうするだろう、あるいは、どう考えるだろうと思うようになりました。振り返ってみると、売り出したばかりで忙しく、小説やエッセイの注文も多かった頃ですが、ついアイディアに困って、小説で使ったテーマを、そのままエッセイで使ったことがあります。その後、バーのカウンターで、ふたりだけで並んで飲んでいるとき、星さんの方からそのことを切り出して「ぼくならあれはやらないけど」と、やんわりたしなめられたことがあります。「星さんならどうするだろう」と考えるようになったのはあの時からではなかったかと思います。

ある有名な漫画家が、星さんの作品を盗作したことがあります。それが発覚して、漫画家の担当者ふたりが謝りに、星さんのお宅へやってきました。SFマガジン編集長だった福島正実氏も同席していて、これはその福島さんから聞いた話です。星さんは皆が待っている応接室へ入ってくるなり、開口一番「何か言い分はありますか」と言ったそうです。その堂堂たる態度に福島さんは感服し、あとでぼくに、「あれはやはり、生まれつき備わった威厳だ。たいしたものだ」と洩らしていました。やはり星さんは殿様だったんですね。

星さんは、わが家でもそうでしたが、仲間が集まって酒を飲みながら話に興じている時、畳の上や、そこがホテルの部屋ならソファに横たわって、寝てしまうことがありました。周囲がいかに騒いでいようと寝てしまいました。小松さんも時どき寝ることがあり、いつも大いびきでしたが、星さんはすやすやと、ほんとに気持ちよさそうに寝ていました。「疲れてるんだ」と言って皆は起そうとはしませんでしたが、別段声をひそめるでもなく、あいかわらず大声で話しあっていたものです。疲れもあるだろうけど、われわれの声を聞きながら、星さんはきっと安心しきって寝ているんだろうと思ったりしたものです。わが家でそんな星さんの寝姿を見た妻は「白熊ちゃんが寝ているみたいで、可愛い」などと言っておりました。

星語録を作ろうと皆で言っていながら、懸案のままになっています。ぼくが好きな星さんのことばのひとつは、皆でイタリア料理店に行って飲み食いしている時の星さんのことばです。

「われ、人類を愛し、平和を愛す。されど胃はなんともない」

当時のCMのパロディですが、横のテーブルにいた人たちまでが大笑いしていたことを思い出します。それにしても「星語録」いったいいつ実現するんだろうなあ。

（星新一公式サイト「寄せ書き」２００８年９月）

「小松左京マガジン」四十号達成と小松左京傘寿を祝うメッセージ

小松さん傘寿、おれ喜寿。
そして小松さんは今でもおれの親分でいてくれるのだろうか。

（「小松左京マガジン」２０１１年40号）

人類信じたロマンチスト

アンドロイドというのは人間に似たものという意味である。そのように「……oid」という語尾は「……に似たもの」という意味になる。デパートなどで見かける、スカートをはかせるための尻だけのマネキンは「オイドイド」である。

小松左京が連発するそんなギャグでわれわれが腹をかかえて笑いころげていた時代はもう、ずいぶん昔のことになってしまった。星新一、半村良も故人となり、SF第一世代は残り僅かとなって、あの1960年代の熱気と繁栄を取り戻すすべや今はなし。

われわれが学んだのは、第二次大戦中から戦後にかけて書かれたアメリカSF黄金時代の作品群で、それらが日本に紹介されたのは十年も経ってからだったが、いち早くこれを読んだ小松左京は「SFに比べたら日本の純文学なんかメじゃないぞ」と文学仲間に訣別を宣言する。アメリカSFの影響は大きく、第一世代は当然のようにSFを文明批評として捉えた。この時期、われわれが主に描いたのは資本主義経済や科学技術文明の自走による人類の運命だ。

小松左京は社会学、自然科学、哲学などの知識を生かして、それまで諷刺を利かせた短い作品で人気を得ていた星新一のショートショートによって穴埋め的なエンターテインメントと思われていたSFを別の方向へと向かわせることになる。もしこの時に小松左京がいなければ、以後もSFは軽視され続けていたことだったろう。ほんとに危なかったのだ。この先人類はどうなるのかという大きな問いかけをする小松左京という存在がなければ、それ以後の日本SFの確立は困難だったに違いない。

われわれは小松左京から多くのことを学んだ。これぞSFの醍醐味と言えるペダンチックな架空理論の語り口、「鬼面人を驚かせるていの」と批評家に揶揄されもした哲学的な凄いアイディア、そして科学知識に裏づけされたリアリティを伴って日本を沈没させてしまう壮大な力業。これらを試みた誰もが彼にはかなわなかったのである。

小松左京のロマンチックな側面も語らねばならない。ハードな作品も書く一方で、小生などにはちょっと恥ずかしくて書けないようなロマンチックな作品群も彼にはある。長篇でもよく朗朗とロマンを謳いあげるようなラストを書いている。今度の災害に対しても彼には「日本人は必ずこの困難を乗り越えるだろう。自分は日本人の力を信じる」という発言があった。破綻している資本主義経済と両輪のようなテクノロジーの自走による今回の災害から、過去に書いてきた文明批評SFの延長で小生などは人類の絶滅は明らかだと考えているのだが、多くの「未来論」や「終末論」を書いていながらも、小松左京はそうではない。あくまでも、どこまでも人類を信じているのだ。

やはり小松の親分、ロマンチストだったんだなあと、つい感じ入ってしまうのである。

（朝日新聞２０１１年８月２日）

教養にじむお茶目な師匠

小松左京に紹介されて桂米朝さんと会った時からもう五十年以上になる。当時小松さんが米朝さんと連続対談をしていたラジオ大阪の番組に一度だけ呼んでもらったことがあるのだ。主に民俗学的な話題だったと思うが、お二人の博識に圧倒され、せいぜいギャグを二、三発とばすだけだった。その小松さんも今は亡く、米朝師匠も逝ってしまった。歳をとるとこんな寂しさがあるとはなあ。

小松さんが親分肌の兄貴分なら、米朝さんは博識でお茶目な従兄、面白いことをいっぱい知っている親戚のお兄ちゃんという親しみが持てる存在だった。のちにご子息を含む多くのお弟子さんを持ち米朝一門と呼ばれたのも、教養や人徳もさりながらあの親戚の誰かを思わせる親しみやすさがあったからではないだろうか。しかも困った時にはずいぶんと頼りになる相談相手でもあったに違いないのだ。交際範囲は広く、動物学者だったわが父とも親交があった。古典の素養は驚くべきもので、文楽や歌舞伎に詳しく、晩年新聞に連載されていた上方芸能に関する蘊蓄などは誰も及ばない筈だ。

知りあってしばらくは、低迷していた上方落語を盛りあげることに腐心されていたが、その効果もあってたちまちのうちにご自分が自身で大御所になってしまった。この時期、上京した時のホテルが同じニューオータニだったこともあって、よく地下の日本料理「ほり川」で一緒になり、悪いことも含めていろいろなことを教わった。師匠自身が司会をつとめる関西のテレビ番組にも招いてもらい、当時のぼくの人気を「筒井康隆かドラえもんか」などとショウアップしてもらったのも忘れ難い。わが良き読者でもあったのだ。

「米朝師匠は噺家というより学者だ」などという評価もあったが、これは違うでしょう。教養が話しことばの形で滲み出しているのであり、だからこそ例えば「いろはにほへと」などという二枚のＬＰ（のちＣＤ）になっている艶笑談ですら実に上品なのだ。もちろん学者としての米朝さんも否定はできない。その第一の功績こそが埋もれていた古典落語の発掘と復活にあった。大ネタと言われる「地獄《じごく》八景《ぱっけい》亡者《もうじゃ》戯《のたわむれ》」の現代的復活はたいへんな苦労の末の成果である。ぼくがＬＰで全巻揃えている米朝全集の中でも白眉といえよう。この凄い噺の存在を若いＳＦファンに知ってもらうため、ぼくは自分が主催する日本ＳＦ大会の神戸大会へ師匠を招いて演じていただいたのだった。この時ぼくは舞台番をやり、楽屋では師匠直じきに角帯の結び方を教わったりしたものだ。

　他にもＳＦに近い落語としては人面瘡の話で「こぶ弁慶」というのがあり、これなどは小生、ほとんど語ってみせることができるほど好きなのである。「こちら一の谷」という短篇などはこれに触発されて書いたドタバタだった。もちろん師匠の演じるものはこんな範囲にとどまらない。たいへんな技倆を必要とする「たちぎれ線香」など、人情話もご自身でずいぶんお好きだったようだ。

　師匠の悪戯っぽい表情、一定の品格を保った話し方、それはぼくの中で常にある場所、ある位置を占め、「この話をしたら米朝さん喜ぶだろうなあ」とか「この話を師匠が聞いたらどう言うだろう」などといった思いがいつもあった。だから本紙から師匠との対談を依頼された時もふたつ返事でお引き受けした。この時は狭い部屋に大勢の記者、さらにはお偉方までが傍聴に来てぎっしりになってしまい、無論聞く人が多いほどこちらも張り切るわけで、競って面白い話を開陳した。後日料亭に席を改めてさらに対談し、これらは『笑いの世界』という本になり、師匠が「あとがき」でこのようなことは「二度とあるまい」と書いてくれたのは嬉しかった。

文化勲章の受章は当然と思うし、これほどの人はもう出ないのではないかとも思う。米朝さんさようなら。もう会えないのですね。

（朝日新聞2015年4月3日）

手塚治虫のエロス

大伴昌司が秘密めかしておれに言ったことがあった。「手塚さんが誰にも内緒であぶな絵を描いてるらしいよ」

その話はすぐSF作家たちの内輪話となり誰もが知っていることとなった。われわれはそれを別段不思議だとは思わなかった。画家なら誰でもこっそりやっていることだろうくらいに思っていたのだ。ただおれはどの程度のあぶな絵なのかがいささか気になり、ほんの少しだが気にし続けていたのだった。

星新一、小松左京をはじめ、SF作家たちは手塚さんの漫画から時おり感じられ、時には強い刺激でもあるエロスを認めていたし、それを話題にしてもいた。例えば「ロストワールド」における植物人間の二人の美女のうちのもみじちゃんが、アセチレン・ランプに食べられてしまうくだりの衝撃、「鉄腕アトム」における妹ロボットのウランちゃんが見せるパンちら、時には墜落の際のパンティ丸見えシーンなどにいたく性的興奮を覚えていて、時には対面、時には大勢で手塚さん自身と会っている時にさえ「あれはエロチックだなあ」などと口にし、こんな時手塚さんはいかにも嬉しそうに「うん。そうなんだ。そう。そう」などと頷いていたものだった。

あの頃からなんと四十数年、物故した仲間たちには申し訳ないが、長生きしたお蔭でその手塚さんのあぶな絵が拝見できることになった。極く一部だが「新潮」誌のグラビア頁で公表されるという。送られてきたものを早速拝見。あぶな絵というほどの過激さはなくあくまで漫画として、上品で可愛く描かれている。手塚漫画で見たような既視感もある。そしてエロティシズムの方向性としては小生のリビドーに近く、対象願望として似ているというところで大きく満足できた。

もう三十年近くも昔になるが、小生、幼い頃に見たベティ・ブープを再発見して夢中になり、十六ミリ・フィルムを買い集めて、自分が見るだけでは満足できずに映画館を借りて上映会を開いたことがあった。その会に手塚さんがあらわれたのである。昔からベティ・ブープのファンだったということを初めて聞き、特に「ベティのシンデレラ」という作品が見たかったということだった。「シンデレラ」はベティさんの映画でただ一本の二色カラーだったから、それをご覧になりたかったのであろうが、残念ながらこの時のフィルムはモノクロだった。のちにビデオで見ることができたが、これは二色カラーにしかなり得ないと思うほど内容にぴったりで、アールヌーボーの雰囲気を漂わせた傑作だった。手塚さんが見たらどんなに喜んだだろうと思うと、その上映会の直後に亡くなられたことが残念でならない。そしてウランちゃん同様、ベティちゃんもまたパンちら頻出、反重力のシーンでのパンティ丸出しもある。ベティはある時期のセックス・シンボルだったし、全米婦人団体から糾弾もされていて、自粛を余儀なくされるほどであった。

手塚作品に登場するウランちゃんなどの少女がエロティシズムを漂わせている源泉のひ

とつがここにあったかと、あの頃のぼくはそう思った。今机上にあるエロチックな漫画を見ていて、尚さらそう思うのだ。女性が狸や猫や鯉に化けたりし、その化ける過程が描かれてもいる。そしてベティもまた初期には、ビンボーという犬ころを恋人に持つ雌犬であったのだ。あの上映会の時は下手近くの席に手塚治虫、中央の席に大江健三郎、他にも南伸坊や森卓也の顔も見えるという変な会だったが、大江さんもまたベティさんのファンであり、作品中にも登場させているが、彼の場合はビンボーがお気に入りでもあった。

手塚さんとはしばしば二人きり、あるいは誰かと一緒の際に何度も親しくお話しさせてもらっている。無論ふたりとも若いから性に関する話題も出る。だいたい手塚さんの医学博士論文にしてからが早く言えば「タニシの精子細胞の研究」なのだ。そのことも含め、おれがやたらと会話中に性交の意味で「セックス」ということばを連発するたびに、彼はおれを見据えて「セックスというのは、性交のことですか」と確認する。これには参ったが、まあ科学者として言葉には厳密だったのであろう。二人が法学部の学生たちに囲まれていた歓談の際の話題は、強姦罪の成立とハンカチの置き場所の関係であった。

手塚治虫がプロダクションを立ち上げてアニメーションを作ったことにも彼の想念と願望が象徴されているようだ。アニマは霊魂、アニマルは魂を持って動くもの、アニメーションは動かないものに魂を吹き込んで動かすことである。アニメ「鉄腕アトム」におけるウランちゃんの活躍を小生ほとんど知らないのだが、手塚さんはきっとウランちゃんを動かしたかったのだ、パンちらやパンティ丸見えのシーンを出したかったのだ、などと小生は、勝手にそう思っております。

（新潮2016年12月号）

II

情欲と戦争

情欲と戦争——蓮實重彦『伯爵夫人』

江戸切子のグラスで芳醇なバーボンをロックで飲んだ。そんな読後感の作品である。

主人公の二朗は旧制の高等学校に通い東大を目指している晩稲《おくて》の青年で、作中にも暗示されるプルーストの少年時代のように、女性と抱擁しただけで射精してしまうという純真さだ。時代は戦前、舞台は主に帝国ホテル。ロビーに入ると「焦げたブラウン・ソースとバターの入りまじった匂い」が漂ってくるというあたりでたちまちかの良き時代に引き込まれてしまう。タイトルの「伯爵夫人」も貴族でありながら突然傳法《でんぽう》肌になったりして驚かせてくれる。ここから先は二朗や伯爵夫人その他の人物の回想との入れ子構造になっての展開となるのだが、挿入されるのは丸木戸佐渡ばりの情欲場面と、憚り乍らわが「ダンシング・ヴァニティ」が先鞭をつけた繰り返される戦争場面である。

奇妙で魅力的な人物が次つぎと登場するのが嬉しい。宝塚かＳＫＤかという男装の麗人だの、友人の濱尾が投げたボールをワンバウンドで股間に受けてしまった二朗を介抱してしきりにその金玉を弄《いじ》り回したがる女中頭や女中たちだの、正体は伊勢忠という魚屋のご用聞きなのだが病的に変装が好きな男だの、名前だけだが「魔羅切りのお仙」だの「金玉潰しのお龍」だのが出てきて笑ってしまう。他にもヴァレリーや吉田健一や三島由紀夫の陰が見え隠れする。当時はボブ・ヘアと呼ばれていた断髪の従妹蓬子も魅力的だが、そのスタイルで有名だったルイーズ・ブルックスよりも、キャラクターとしてはクララ・ボウに近い。さらに嬉しいことには懐かしい映画や俳優たちが続出。伯爵夫人に出逢う最初のシーンで二朗はアメリカ映画の「街のをんな」を見てきたばかりなのだが、伯爵夫人と抱き合う時にその演技をなぞるケイ・フランシスとジョエル・マクリーの主演者に加えて「街のをんな」には出ていない往年のギャングスターであるジョージ・バンクロフトまで登場させているので笑ってしまう。この二朗はずいぶんと映画好きで、全部上映すると六時間かかるという気ちがいじみたシュトロハイムの「愚なる妻」まで見ている。シュトロハイムが偽伯爵を演じた故の連想である。情欲場面ではヘディ・キースラーが絶頂に達する演技で有名になったチェコの映画「春の調べ」（原題「エクスタシー」）を思い出したり、戦争がらみでは主演ヘレン・ヘイズ、ゲイリー・クーパー、アドルフ・マンジュウの「戦場よさらば（武器よさらば）」が出てきたり、なんと無声映画時代の小津安二郎「母を恋はずや」における吉川満子の母と大日方伝の兄と三井秀男の弟との微妙な確執が死んだ兄の思い出に繋がったりもする。さてこの辺で、いったいこの話、時代はいつなのか、二朗の年齢はいくつなのかという疑問に囚われる。というのも前記の映画はいずれも昭和六年から十年あたりに公開されたものであり、そして二朗が一日の記憶を語った最後、「ふと夕刊に目をやると、『帝國・米英に宣戰を布告す』の文字がその一面に踊っている」、つまり昭和十六年十二月八日なのである。ここでやっとこの一篇、目醒めたばかりの二朗が一瞬にして思い出した夢だったのだなと納得するのだ。

戦争と愛欲の場面が入れ子構造の中で交錯するうち似たような表現が繰り返され、金玉に打撃を受けるたびに「見えているはずもない白っぽい空が奥行きもなく拡がっているのが、首筋越しに見えているような気が」し、そしてまた「ぷへー」とうめいて失神するのはエクスタシーの場合と同じで、ホテルの回転ドアは常に「ばふりばふり」と回っている。前記わが「ダンヴァニ」で用いて自信がなかった繰り返しが他でもないこの作者によって文学的になり得た上、しかも笑いさえ伴うのだと教えられ、安心させられた。

たとえいつの時代を描こうと小説作品は常に現代を表現している。作者が現代に生きているのだから何を書こうがそうなのだ。大正時代から昭和初期にかけて性的頽廃が徐徐に充満しつつあったあの時代の中、次第に軍人や憲兵の姿が何やらきな臭く彷徨しはじめ、そして破滅に繋がる戦争へと突入していくのはまさに現代に重なる姿であろう。そしてあの時まだ子供だった小生が楽しくエノケン映画を見ながらも、近づいてくる戦争に、戦争は悪いものなどとは夢にも思わずなぜか胸ときめかせわくわくし、面白がっていたことが今のように思い出されてならないのだ。

（波２０１６年７月号）

懐かしい蠱惑の長篇――松浦寿輝『名誉と恍惚』

なんて懐かしい小説だろう。三年前の春だったたか、いつものように眠れぬまま深夜に起きてウィスキーをちびちびやりながら届いていた「新潮」五月号をめくるうち、この小説の連載第一回に巡りあい、たちまち引き込まれてしまった。舞台は魔都・上海。それだけでも充分だった。子供の頃、山田五十鈴主演の「上海の月」その他上海で撮影された映画を見ていたからそこがどのような場所かは知っていて、以来ずっとそこはまさに蠱惑の魔都なのであろうと憧憬してもいたのだ。それからは毎月「新潮」を待ちかね、届いた夜はグラス片手に楽しむこととなる。主人公芹沢一郎の活躍が始まるのは一九三七年、物語はその数年前から始まっているからちょうどぼくが生まれる前後、だから尚さら懐かしいのだ。ぼくが生まれた一九三四年は主人公が警視庁から上海の工部局警察部に赴任させられた年である。ここで主人公の運命や話の展開を書いてもこの作品の魅力を伝えたことにはなるまいが、早い話彼が陸軍参謀本部の嘉山少佐に呼び出され、青幇《チンパン》の頭目であり上海に君臨する実力者蕭炎彬《ショー・イーピン》に紹介してくれと頼まれたのは、親しくしている馮篤生《フォン・ドスアン》という金持の老時計店主がその蕭炎彬の妻美雨《メイユ》の伯父に当るからであった。

この時代の上海の情景、芹沢が住んでいる共同租界の様子などが詳細に記される中、挿入される音楽、映画などがぼくの好みの対象ばかりなので嬉しい。昭和七年、チャップリンが事実上の妻であるポーレット・ゴダードと共にダンスホール「百楽門舞庁《パラマウント・ボールルーム》」に立ち寄ったこと、コール・ポーターの名曲「夜も昼も」や陽気な「エニシング・ゴーズ」や「ビギン・ザ・ビギン」や、ミスタンゲットの歌う「サ・セ・パリ」やシュバリエの「マ・ポム（お気楽なやつ）」などのシャンソン、映画としてはブニュエル「アンダルシアの犬」などが続続と登場、同時に芹沢が実は朝鮮人との混血であることによって嘉山少佐につけ込まれる経緯、日中関係、世界情勢、風景やその場の情景、芹沢の心理が満遍なく叙述される。特に主人公の心理、即ち考察、感情、回想などはまるで心理小説の如く詳細に叙述され、それはジョイスやスターンやウルフの「意識の流れ」に類するものではなく三人称でありながらあくまで主人公に寄り添った視点で描かれていて、ロシア人の美少年アナトリーとの媾合では射精の瞬間の意識まで描写されている。このすべてに渉る作家の作業はまさに全体小説——と書くと意味が違ってしまい、特に現代では全体小説なんてエンタメでしか書けない筈だからぼくはこれを全体文学と言ってしまいたいのだが、この作品などはそう言える価値充分であろう。

　芹沢は嘉山少佐を蕭炎彬に紹介するが、自分の代りに妻を食事に連れて行ってやってくれと頼まれ、しかたなく蕭の第三夫人の美雨と出かけることになり、知っているバーへ連れて行く。ルイ・プリマの「Pennies from Heaven」などという曲が演奏されているさなか、芹沢は警察官仲間の乾という男に話しかけられてしまうのだが、ここで美雨がとんでもない演技力を発揮し、難を逃れる。別の店に移ったあと、美雨は芹沢に初めて自分が女優であったことを告げるのだが、ここで彼女の論じる、スタニスラフスキーの感情移入理論でもディドロの俳優論でもない技巧としての演技論が実にみごとなのだ。篇中の白眉としてぼくはこの部分をいつまでも記憶するだろう。

芹沢は突然、直属の石田課長から依願退職を求められてしまう。でなければ懲戒免職だという。機密保護法違反その他が理由と聞かされた芹沢はさまざまに考えた末、嘉山少佐に利用されていたと知り、真相を求めて奔走するうち、思いがけぬ事件を起してしまい、ついに警察から追われる身となる。馮篤生に匿って貰い、租界にいてはたちまち見つかるから浦東《プートン》のはずれの染色工場に行けと薦められ、ここから名を沈昊《スン・オー》と改めた芹沢の逃避と放浪が始まる。

六人部屋で生活している時、五ヶ月前の日本語の新聞を久しぶりに手にした芹沢は夢中になって読む。第二次世界大戦直前の、時にはそれは戦後の一時期にまで繋がる、つまりぼくが少年時代に見たり聞いたりした歌や映画や流行語が記事や広告になっていて、なんとも懐かしさが募るのは小説のこうした部分である。淡谷のり子の「別れのブルース」、ディック・ミネの「人生の並木路」、ディアナ・ダービンの「オーケストラの少女」、高勢實乗《みのる》の「あのねおっさん、わしゃかなわんよ」等、等、等。長谷川一夫の新作映画というのはまさにこの頃上海において撮影されていた筈の、李香蘭と共演した「支那の夜」のことではなかったろうか。

苛酷な肉体労働と流浪の末、熱病にかかって呉淞口《ウーソンカウ》の汚い小部屋に押し込められていた芹沢は、馮篤生の使いの洪《オン》という青年に助けられ、ふたたび上海租界へ舞い戻ってくる。

ここでは馮が経営する映画館の映写技師になるのだが、この小さな「花園影戯院《ガーデン・シアター》」で上映されているのが「駅馬車」「我が家の楽園」「舞踏会の手帖」「望郷」「大いなる幻影」といった、そのほとんどは戦後の我が青春時代に再上映された懐かしくも胸ときめく外国映画ばかりだ。芹沢と次第に親しくなっていく洪という青年はこの映画館の支配人のような立場にあったのだが、ある日馮篤生の命令だというので支那で作られた「落花有情」という古い映画を上映させせられることになる。ところがそのヒロインを演じているのがあの美雨であった。たった一度だけ会った美雨のことを芹沢は折にふれ想い続けていたのである。ただ映画は他愛のないメロドラマであり出来も悪かったが美雨だけは立派に演じていた。ただ悪役として登場する日本人の将校ゆえにこれを反日映画と見て抗議が殺到、四日で打切りとなるのだが、その最終日、映写室の小窓から芹沢は最前列にいる美雨に気づく。だが警察関係者に見られるのを疑懼《ぎく》して彼女の後を追うことができない。「疑懼」という表現はしばしば現れるが、こういう魅力的な言葉にぼくは弱い。「ぎくっとする」の語源なのだろうかなどと考えさせてくれる。

馮篤生は打切りにも懲りず美雨の主演映画をさらに三本、立て続けに上映するよう命じてきた。いずれも駄作なのだが美雨の演技だけはしっかりしている。しかし最後の「五佳人」は残忍で好色な日本兵と美雨たちダンスホールの踊り子が戦うという話で、これが徹底的なドタバタであり日本兵が滑稽に描かれていて、案の定抗議はあったものの支那人の客は大喜びし、大ヒットとなった。だがそのため風当りが強くなった馮篤生は、この映画館を休館すると言い出す。行く先がなくなった芹沢の前に美雨があらわれ、うちへ来て住めばいいと言う。蕭炎彬が上海から逃げ出したあと、その宏大な屋敷に住んでいるのは美雨だけだった。

その邸内には好青年の洪も起居していた。ここで魅惑の色模様が繰り広げられる。ある夜芹沢は、阿片を吸引した美雨と洪が交わる寝室に誘《おび》き寄せられ、ここに三人の痴態が現出するのである。映画にはしにくい場面である。ところでこの小説は主人公の視点による三人称だからハードボイルドと近似ではあるのだが、そして事実、主人公が何度もひどい目に遭ってめげないというハードボイルド的側面も持つのだが、あの乾いたユーモアがない。そして本篇の数少ないユーモアが「五佳人」に出てくる日本兵の滑稽なドタバタ、そして三人の交情の翌日の、羞恥心で身の置き所のなくなった洪による道化ぶりである。猛烈に喋りまくる洪を美雨がからかうのだ。

さて、小説はいよいよクライマックスにさしかかる。芹沢と嘉山の対決である。しかしここは、なぜそれが作者に伝わったのかわが最も愛するスタンダード・ナンバー「I Can't Give You Anything But Love, Baby」や、「I'm Getting Sentimental Over You」といった曲が聞こえてくることのみ記し、読者諸氏の楽しみのため書かないでおこう。実際、「新潮」の連載最終回にこのラストを一挙掲載した処理は正しかった。ところがである。あの「カサブランカ」のラストシーンに似た感動を齎す最後の場面に続いて、新たな一章が書き加えられているのである。なんでこんな章を付け加えたのかなあ、もとのままでいいのになあと思いながら、今は七十八歳になり、相変わらず沈昊という中国人名のままの芹沢が久しぶりで上海へ戻ってくるエピローグを読み続けるうち、やっと最後の感動に遭遇した。観光でやってきた二人の現代日本娘に遭うのだが、この時の主人公の感慨が泣かせるのである。ははあ、さてはテーマと言ってもよいこのくだりが書きたかったのかと納得させせられてしまう。

連載中からずっとそうだったのだが、ぼくはまるで映画を観ているような気分だった。少年時代、青春時代の古いモノクロの超特作映画を、あの丁寧な、脚本のがっちりした撮り方による映像を頭に浮かべて読んでいたのだ。むろん娯楽作品だから多少役柄は異なっても俳優全員人気スタア、主演の芹沢は上原謙、美雨は高峰三枝子、嘉山は佐分利信、馮は山本礼三郎、洪を佐田啓二その他、その他である。このような楽しみ方ができるのもこの作品なればこそであったろう。然り。ぼくはこの作品にミーハー的な惚れ込み方をしてしまったのである。この大長篇、作者は大変な苦労をして書いただろうなと思っていたのだが、実は比較的すらすら書いていたと編集者から聞かされてぼくは驚愕したのだが、参考文献を見て、なるほど本当のインテリというのは百科辞書的な知識を持っているのではなく、過去に読んだ膨大な書物のどれに何が書いてあるかを知っていることだったのだと思い知らされたのだった。

（波2017年3月号）

川上弘美『大きな鳥にさらわれないよう』推薦文

僅かな継承によって精緻に描かれてゆく人類未来史。
ファンタジイでありながらシリアスで懐かしい物語たち。
これは作者の壮大な核である。
うちのめされました。

（『大きな鳥にさらわれないよう』帯２０１６年４月）

阿部和重『ピストルズ』

阿部和重『ピストルズ』は二〇一〇年、第四十六回谷崎潤一郎文学賞を受賞した作品である。選考委員だった小生はこの作品を推して、選評を書いた。だからこの作品に対して言いたいことはほとんどそこに書いてしまっているのだが、文庫の解説を書くとなればやはり改めて読み返さなければならない。

ところでこの作品は「神町トリロジー」と銘打った三部作のうちの第二作である。いい機会だからと思い第一作の『シンセミア』も読んでみることにした。『ピストルズ』への評価に新たな展開があるかもしれなかったからである。送られてきたのが大長篇だったので驚きながら、この『シンセミア』を読んだ。これは神町《じんまち》という地方の町の暗部を描いた作品で、とにかく登場する人物に善人がひとりもいないといういわば悪漢小説である。町の暗部というよりは町そのものが日本の暗部という趣きの作品だ。たくさんの登場人物にいちいち感情移入して悪が日常化された世界を読み続けているうち、だんだん気が変になってくる。そこではっと気づくのだ。最高級のマリファナを意味するタイトルの「シンセミア」とはこの小説のテーマではなく、この小説そのものがシンセミアなのだと。したがって作品中にシンセミアそのものはほとんど出てこない。低純度の安物と思える他の薬物が出てくるだけなのだが、それがテーマでもなければ物語に深くかかわってくる小道具でもないのだ。

　ところが第二作の『ピストルズ』では、前作における「薬物」を大きなひとつのテーマにしている。物語もまた『シンセミア』と同じ神町という町が舞台であり、第一作で登場した町の住人の星谷影生《ほしやかげお》とタヌキ先生がこちらでは町の事情通ホシカゲさんとその世話をするタヌキセンセイとなってこの神町の忌わしい歴史を体現化し、前作に引き続き偏執的に弁じたりもする。前作では著者作成の登場人物リストにすら名前がなく、単に町で起った古今の事件を調べているだけだった書店主が、ここでは石川という名でメインの語り手となっている。今度は代代の当主が薬物を使った秘術を継承している一族、菖蒲《あやめ》家というのが主人公だ。それまでは代代男性だけが秘術の継承者になり得たのだが、たまたま女子ばかりが生れてしまったため、当主はその雌しべ（ピストルズ）の中から四女のみずきを継承者として選ぶ。書店主の石川に一族の歴史を語って聞かせるのは小説家でもある次女のあおばである。

　物語の前半では菖蒲家の因縁が語り尽される。これが外国語の歌詞やよく知らない草木の名やもってまわった言い回しなどを混えて繰り返しながながと語られるのだが、これこそが一種の読者に対する眩惑であり、後半の盛りあがりに奉仕しているのだ。昭和初期の時代を生きたという祖父の瑞木《みずき》が父の水樹《みずき》に施す苛酷な修行に続き、時代は現代となり、ここで水樹がわが娘のみずきに与える精神的修養たるや死をも齎《もたら》しかねない激烈なものである。物語も半ばを過ぎたこのあたりから、作者が仕掛けた文章の毒が次第次第に効きはじめて、読者に一種の薬物的効果を与えるのだ。みずきを絶望的な空腹に陥れた父親は、毒茸と知りながらベニテングタケを貪ってしまう状態にまで彼女を陥《おと》し込む。いかなる毒にも耐えられる肉体と精神を永久に保持させようとするわけだが、小生はこのあたりから気分が悪くなり眩暈に襲われてしまった。

通常小説を読むことは読者に快楽を齎し、セロトニンやドーパミンやβ-エンドルフィンなどの脳内物質を分泌する筈なのだが、いや、むろんここでも一方ではそれらの快を齎す物質が放出されているのだろうが、それにしてもこのような不快感はただの「文学的不快さ」にとどまらず、はてこれは所謂文学的不快さなのだろうかという疑問が最初に湧いてきて、はて、いったいこうした文学的不快さを脳内で分泌している物質はあるのだろうか、その物質はすでに発見されているのか、だとすればその名前はなどとさまざまに考えてしまうような不快さなのである。実はこれこそがこの『ピストルズ』の意図であったかと気づくのはそのあとだ。

選評に、小生はこう書いている。「当然のことだがこの作品への評価は委員によって大きく異なった。他の委員たちがほとんど全員何らかの欠点を指摘した。それらすべてに納得しながらも小生尚且つその文学的実験の壮大さだけは認めざるを得なかった。それは小説としての内容やテーマによらず、文章だけでもって読者を一種の幻覚に引きずり込もうと企んだところにある。ストーリイやエピソードなどの細部はすべてこのことに奉仕している。もしかして作品としての異様な長大さもこれに奉仕したのかもしれない。換言すれば怪奇幻想やミステリその他の低次の小説がただ娯楽のみを求める読者に仕掛けて催眠状態にしようとしたことを作者は文学でやろうとしたのであり、その結果が成功であるか不成功であるかは二の次として、その文学的実験の意図はあるレベルに到達し半ばは達成している。実際この長い小説を短時間で読んだ小生は乾燥したベニテングタケを食べるあたりから眩暈に襲われたが、これはただ気分が悪くなったというだけではなかった筈だ。

このようなことがこの作品の新しさであり実験性である。だから頻出する難解な言語やながながと語られる因縁などのくどさに辟易して拒否しようとする読者は眩惑に陥ることもないだろう。この作品はどんな小説でも長ければ長いほど喜ばしいという真に小説の好きな人間へのプレゼントである」

つまりわが選評のこの感慨は前作『シンセミア』を読んだことによって正当化され補強されたことになる。このように読者を不快さの伴った眩惑に導こうとする文学には坂口安吾や中島らもがあり、怪奇幻想やミステリなど低次の娯楽作品では夢野久作や江戸川乱歩など数多くある。しかしそれらと阿部和重を厳然と区別するものは、読者に対し、文章だけでもって真の薬物的効果を与えることが可能かどうかを試みた純粋に文学的な実験性であろう。

『シンセミア』を読んだことによって新たに得られた知識もあり、それが『ピストルズ』の再評価に繋がってもいる。どうやら作者は自身の生れた山形県東根市の神町にたいへんな思い入れを抱いているようだ。出生の地をかくもおどろおどろしく描こうとする精神とはどんなものなのか。『ピストルズ』にはこの三部作以外の『ニッポニアニッポン』に登場した人物への言及もあり、どうやら彼のすべての作品に神町への回帰があるようだ。『シンセミア』ではなんと阿部和重という作家が出てくる。おっ、メタフィクかと思わせるのだが、メールでのやりとりの末最後に登場したのは偽者の阿部和重であった。このあたり、愛憎相半ばする生れ故郷神町への作者の複雑な感情が見られる。ここまで神町を悪く書いたのでは生れた町に帰れないのではないか、帰っても忌避されるのではと心配してしまうのだが、阿部和重はちゃっかり、ふたつの著書の謝辞で「現実の神町とはいっさい関係がないことをここに明記しておく」と書いている。

『ピストルズ』についてここまで書いてきたが、これを読んだ読者はなんだか暗い、気分の悪くなる話かと思われようが、なかなかそんなことはない。すでに前半では秘術を体得したあとのみずきが、薬物の効果によるのではなくただ歌を歌うだけで、前作にも舞台となった賭場で、勝ってもいないのに他の客やディーラーを眩惑して賭金すべてを巻きあげるというエピソードが語られているし、後半では全能感に満ちたみずきが神町の悪い連中を手玉にとる痛快な場面が続出する。またクリスタルヒーラーという技術を持つシュガーという呼び名のサトウさんはじめ、菖蒲家の一族が中心となって経営しているヒーリングサロン・アヤメに集ってくるさまざまに魅力的な連中によってコンミューンのような集団が形成される。むろん悪いやつも入ってくるのだが、特に小生のお気に入りは自称映画監督だという詐欺師まがいの駄目男だ。これがなかなかいいキャラなのでもっと活躍してほしかったのだが、途中でいなくなってしまったのは残念だ。

阿部和重は小生も出演した青山真治監督の映画「エリ・エリ・レマ・サバクタニ」でメ

イキングを作ってくれた頃からの知り合いなのだが、最近はあまりゆっくりと話す機会がない。噂によれば阿部和重、自分のスタイルが固定してきたので、何か別のものに挑戦したいと言っているらしい。今後どんな作品を書いてくれることか甚だ楽しみなことであるが、今までの大長編の流れも絶やすことなくわれわれを眩惑し続けてほしいものである。

（阿部和重『ピストルズ』講談社文庫下巻解説２０１３年６月）

現代思想としての多元宇宙――東浩紀『クォンタム・ファミリーズ』

タイトルによって、この長篇が多元宇宙SFであるとわかる。一九五七年にP・K・ディックの古典的な「宇宙の眼」ですでに多元宇宙が量子力学から導き出された理論であると書かれていることは多くのSF読者の知るところだ。主人公の葦船往人《あしふねゆきと》は二〇〇八年、三十六歳で、航空機に爆発物を持ち込んだ自爆テロ未遂によりアメリカで逮捕されている。妻の大島友梨花《おおしまゆりか》は四十歳だったが、この事件で二〇一二年に離婚した。往人は二〇〇七年に「網上地下室」というブログへ過激なテロリズム論を投稿している。以上が「物語外1」といういわば序章だ。第一部が始まると、事件の一年前であり、三十五歳の往人のもとへ自分はあなたの娘だというメールが送られてくる。しかし往人には娘などいないのだ。二〇〇五年に子どもが欲しいと言って妻に拒否されているが、その時に娘ができていたとしてもまだ一歳半であり、事実そのメールにも自分は二〇〇五年に生れたと書いてある。つまりその娘は未来からメールしているということになる。

多元宇宙というだけでなく、どうやら時間ものでもあるらしいと知り、ここでグラフを作る必要に迫られることになる。一般読者や文学者でリストを作る人は多いが、それはせいぜい登場人物のリストであろう。しかしSF好きの中にはタイム・パラドックスを解こうとしてグラフを作るのを好む読者もいる。小生もそうであり、若くして死んだ広瀬正にはR・A・ハインラインの「時の門」におけるタイム・パラドックスを詳細精緻に分析した「『時の門』を開く」(「タイムマシンのつくり方」所収)という評論もある。東君もきっとこんなグラフを作ったんだろうなあなどと想像しながら作成するのは実に愉しい作業なのだ。

グラフを作成することにした理由はもうひとつ。読み進めていくうち、往人というのが実に凡庸な人物であるとわかってくる。とても自爆テロを企んだりする人間ではなく、娘の手記にも「平凡でくたびれた中年男」と書かれている。これは「物語外1」で報告されている彼の投稿したテロリズム論の内容とは大きく食い違ってくるのであり、あきらかに並行する宇宙から来た往人なのだ。何しろカントやキルケゴールをはじめ哲学者や思想家や作家の名前が頻出し、内容も難解である。そもそも本書の著者である東浩紀は「存在論的、郵便的——ジャック・デリダについて」という著作で出発したフランス現代思想の研究者だ。この本は三島由紀夫賞の候補になり、選考委員だった小生はこれを受賞作に推したのだが、他の委員の賛同が得られなかった。何しろジャック・デリダの難解さの理由を教えると同時にその思想を説き明かしてくれているという実にありがたい本だったのだが、他の委員にはそれがわからなかったらしい。それが口惜しかったせいでもあろうが、どうやら小生、東君に逢った時に「次は小説を書いてくれ」と口走ったらしいのだ。東君によればだからこそこの「クォンタム・ファミリーズ」を書いたのであり、その責任上文庫の解説も書けということであるらしい。この作品は新任の選考委員たちによって三島賞を与えられていて、せっかく受賞したのだからこれを推した選考委員の誰かに書かせたらいいのにと思うのだが、選評に見られるような文章の解説ではきっといやだったのであろうと思う。わからなくはないので引き受け、こうして書いているのだ。と、いうわけなので多元宇宙と時間の組合せをグラフにし、まずこの凡庸な住人のいる二〇〇八年の世界をA1とする。そしてメールしてきた娘のいる未来世界をB1とする。娘のいる世界は二〇三五年で娘の名は葦船風子《ふうこ》、二十九歳で量子脳計算機科学研究所の職員である。A1の住人はB1の風子から送られてきた航空機のチケットでアリゾナの、かつて義父の別荘があった地点で娘と逢うため航空機に乗る。自爆テロなどはまったく考えぬままであり、ただ酔って寝てしまうだけだ。

風子の語る並行世界の物語は長いペダントリイとして十数ページに及ぶ。最近のSFにはあまり見かけない、ハードなSFには不可欠のペダントリイであり、小生には懐かしい思いで読むことができる。思い浮かぶのは小松左京「復活の日」における長い長いペダントリイである。この醍醐味は阪大薬学部を出た義妹が「うん、うん」と納得しながら読んでいたあの難解な架空理論を、苦痛に堪えて読み続ければやがて豊かな物語世界が開かれるのだという期待によるものだ。ここで娘があなたと呼びかけて書いているこの手記の相手は汐《しお》子《こ》という女性なのだが、なんとこの汐子は売れない作家だったB1の風子の父である住人が子供向けに書いたファンタジーの主人公なのだ。凄いことになってきた。多元宇宙と時間テーマに加えて虚構と現実の混淆まであるのか。さらには複雑化し量子化したネットワークが見ているのは別の世界の夢だという言及もあって、その醒めることのない夢という恐ろしい夢テーマもあらわれるようだ。これだけのことを一度にやろうとするのは人間業ではない。フリオ・コルタサルだって「遊戯の終り」で異界との繋がりを求めながら対決するのは虚構と夢だけであり、現実の側が必ず敗北するという結果がいつも同じだったのだ。

約束の場所に来た往人は風子にメールをするが、携帯電話にかかってきたのは「電話を切れ」という女性の声と、それに続いて「あなたはトラブルに巻き込まれているから、すぐ帰国せよ」という少年の声だ。言われるままに帰国した往人を空港ロビーに出迎えたのは幼い少女と、彼女をふうちゃんと呼ぶ友梨花であった。ここでセンス・オブ・ワンダーと言われる大きな感動がくる。久間十義の「世紀末鯨鯢記」で中盤、主人公の生み出した虚構の中の人物たちが現実にあらわれるところと似た感動だ。風子の生れているこの世界がA2となり、もともとこの世界にいた往人とA1の往人の人格の交替が行われたのである。幸せな世界で往人は粛粛とリセットを受け入れる。読者はあの「網上地下室」というブログをやっていた往人こそ、このA2にいた往人であることを主人公と共に知る。そして往人はそのブログの更新停止を宣言する。だがここに楪《ゆずりは》渚《なぎさ》という、A1の世界では往人のファンサイトを開設してくれていた女性が登場する。彼女はこの世界の往人のブログを他のテラダ、タジマ、シンたちと共に熱心に追いかけていた言わば信者であり、ブログの更新停止を非難する。

B1の風子の前には、あなたの弟だという大島理樹《りき》なる少年があらわれる。四歳下の弟だというが、とても二十六歳には見えない。彼の世界では、二〇〇八年に妻から性交渉を拒否された往人は友梨花を殴り、レイプしている。その結果生れたのが最低の人物である

A2の住人と凡庸なA1の住人の人格交換を行ったこの理樹であった。ここで彼の意図が、理想的な家族としての量子家族《クォンタム・ファミリー》を作ることであったとわかりはじめる。

A2の世界。このショッピング・モールの場面は、他の世界や場面や回想も交えた最大の長丁場であり、盛りあがる。ここで住人は高校生の時に陵辱した少女が楪渚ではなかったかという疑いに囚われる。ショッピング・モールで家族と別れた住人はそこのレストランでその楪渚、寺田《てらだ》賢史《さとし》、田島《たじま》尚志《ひさし》、江頭《えがしら》新《しん》の四人と対決する。

一方B1の風子は、父親の書いた汐子という少女を幼い女の子に設定してネットに立ち上げる。この子が魂を持ち、風子と接触を持ちはじめる。この汐子のいる世界をC1の世界とする。Cは並行する宇宙ではなく、もはや虚構の世界だが、その世界もまた、この作品世界では実在するのだ。そして風子の前に、今度は中年の男として理樹があらわれる。どうやらこの理樹はあちこちの世界から副人格を奪い、あちこちの世界へ行くことができるようなのだ。そして理樹は、A2の友梨花と風子がショッピング・モールでテロに巻き込まれ、死ぬことがわかったので、それを救いに行くのだと言う。店内では爆発が起り機銃音が鳴り響き、悲鳴と絶叫があたりに満ち、これはつまり大規模なテロなのだが、その惨劇のさなかへ理樹とB1の風子があらわれる。もはや一種のドタバタの様相を呈するのだが、筆力によってたいへんな迫力である。このシーンはまだまだ続くのだが、読者の楽しみのためにあとは書かない。すでに規定の枚数を大きく超していることでもあり、締切日も過ぎているのだ。理想的な量子家族が成立したかどうかも書かないでおこう。とにかく違う世界の、年齢も食い違い、時には同じ人物が複数いたりするメンバーがどのように家族として存在し得るのか。

最初に読んだ時は流し読みだったが、解説を書くとなるときちんと把握しておかなければならないのでリストやグラフを昨夜まで書き続けていたのである。年末の慌ただしい、しかも新聞連載をやっている時に、なんという凄い仕事を持ってきてくれたものだ。それでもきちんと最後までグラフを作成したことは小生の徹底主義をご存知の読者なら了解していただけよう。最後はなんと汐子を自分の娘として肩車している往人が、過去の罪を清算するために、すでに時効であるにもかかわらず警察の前に立っているという感動的な場面で終る。

この作品の文学としての成果に触れなければならなくなったが、小生もともと多元宇宙テーマはそれだけで文学性を伴っていると考えている。本作品にも出てくる村上春樹の提示を敷衍《ふえん》した三十五歳問題のように、ある分岐点の存在によって人格や時間が分裂した先には何があるのか、並行する宇宙に複数の、いや無限の自分が存在するのなら、そもそも現存在とは何か、それに加えて虚構や夢の宇宙も存在し、それらを量子力学理論で論じ、ネットワークに結びつけるとなればこれはもはや文学の枠には収まらず、現代思想の問題になってくる。実は小生、書きはじめたばかりの「創作の極意と掟」なるエッセイで、流行の文学理論や思想を作品中に持ち込むことの弊害について述べているのだが、これは東浩紀には当てはまるまい。凡百の評論家を超越した東浩紀にはそんなことなど許されるべきであるし、現代思想としての多元宇宙SFなど彼にしか書けぬものであると思うからだ。

（東浩紀『クォンタム・ファミリーズ』河出文庫解説２０１３年２月）

これはフツーの小説ではない。ストーリィもなければ展開もなく、クライマックスもない。フツーの小説を期待して読みはじめた人の中には怒る人がいるかもしれない。面白くない。肩すかしばかりだ。駄洒落が多くて中には駄洒落にさえなっていないものもある。大袈裟なタイトルでまともな読書を瞞着《まんちゃく》しようとするものだ。

その通りである。これはまさにそのようにしてフィクションを批判しようとしたフィクション、つまりメタフィクションなのだ。時には記号論にもなり、作者がミステリー出身だからメタミステリーの部分も多い。いい加減に書いているように見えて、作者は実は誠実で真面目なお人柄である。しかるにこのお巫山戯《ふざけ》ぶりは何ごとであるか。通常の読者ならば、小説などという得体の知れない、化けもののような代物を真面目に考えようとすればするほど、もはや笑うしかないということなのだろうと思うのが、まあ正解に近い判断と言えるであろう。

のっけからの記号論である。会話の部分に鉤括弧がついていず、地の文に鉤括弧《かぎかっこ》がついているのだ。これだけでも相当に読みにくいのだが、やがてこの鉤括弧の「開き」と「閉じ」がさかさまになっていて、つまり言葉の最初の部分が」であり最後に「がついている

のである。つまり、

「あ、もしかして、先生……」

といった具合だ。読者は頭がくらくらするが、これこそが文章の決まり事にわれわれがいかに囚われていて、そこから抜け出すことがいかに困難であるかを示している。さいわいこの形式は読者に自己の先入観への固執ぶりを思い知らせたあと、ふつうの形式に戻るのでわれわれはほっとする。最後までこんなことをされたのでは気がおかしくなってしまうではないか。

全部で十章あるうちの各章で、なかなか原稿が書けない作家と、督促にくる編集者という、今や実際には滅多にないシチュエーションだがテレビのコントなどではすっかりお馴染みのパターンが繰り返しあらわれるが、最後は駄洒落に終るか楽屋落ちに終る。時にはエンディングなしで投げ出されてしまったりもする。ここでは作家論、読者論、電子出版論などが頻出するが、結論は絶対に出ない。作者は問題を羅列するばかりであり、あとは読者に考えさせようとしているのだが、通常の読者は自分で考えることをしないで作者の結論を待つだけの存在だから、つまり作者はそんな読者に対してNOを突きつけていることになる。これは時おり作者が真面目に何かを論じる時にちらちらと現れる主張の中で感じ取れることだ。

ミステリー作家としてデビューしただけあって各章には必ず密室論などのミステリー

論や、探偵や容疑者の登場するコントが挿入される。ミステリー論に見えてこれらはすべてフィクション論として読むことができるが、論理的と自称する探偵の、いわゆるミステリーにおける論理的推理と称されるものの非論理性を衝いたり、推理小説の根本にかかわる問題を駄洒落にしたりという、ミステリー作家が顔をしかめるようなコントとも言えないコントが連発される。また「神の視点」といった語り手や主人公の人称にかかわる虚構論もあらわれ、これが即ちミステリー論を超えたフィクション論なのだ。こうしたものに見られるのは、松本清張に代表される社会派リアリズムから遠く離れた新本格シュール派作家としての、彼の小説にもしばしばあらわれるアンチ・ギャグ、アンチ・ユーモア、意味なしジョークと言われるものであり、これこそが彼の身上なのである。

語り手、ということで読むと、この作品には特定の語り手は登場しない。単独の語り手なのか、複数の語り手なのかもはっきりしない。その語り手の中には、自宅の大きな庭に鉄道模型を作り続けている人物が登場する。ただえんえんと模型を作り続けている、社会を描かない理系の作家によるこの作業の描写または誰の為になるのでもないその作業が、いつかえんえんと小説を書き続けている作業と重なりあってくるように見える。小説を書く、ということが当人にとっていかに重大なことであるか、それに反して無関係の他人にとってそれがいかにつまらなく無意味に映ることか。

また、このような断片がしばしばあらわれる。

【意外な結末】

（前略）

しかし、物語はこれで終わりではない。（完）

◉

【意外な結末2】

（前略）

こうして人類は滅亡し、その数十億年後には地球も膨張した太陽に呑み込まれたのである。（続）

◉

【七番めの結末】

おそ松、カラ松、チョロ松、一松、十四松、トド松、結末。

このようにして、断片の集積としての笑いはしばしば空虚感を伴うようになり、ギャグも虚無的になってくる。実はここからが文学になってくるのだ。真剣に文学を考えようとする時、いつかは虚無的になってくるのは、実はしかたのないことなのである。こうした不条理感覚は文学を考え続けている作家の間に共通するものであり、例えばこの作品など谷崎潤一郎文学賞を受賞した高橋源一郎の『さよならクリストファー・ロビン』（二〇一二年、新潮社）に、そのシニカルさに於いては相似であるといえよう。
時に作者の真面目さがほとんどギャグなしであらわれる断片もあり、例えばChapter9の【禁止用語】がそうなのだが、こういう時の作者は文学に齎される不条理な暴力に対して真剣に怒っている。こうした作者の真面目さは最終章のエンディングに相当する一文で明らかになる。ここで作者はこの作品の創作意図について正直に述べていて、わが創作態度とも重なり合うところが多く、その部分をそのまま紹介することで読者に再度の認識を強く望み、それによって解説者としての責に替えたいと思う。

（略）

突飛なものは大衆には望まれていません。それなのに、突飛なものを見せたい、というのが創作の基本的衝動です。このギャップを埋めるために歩み寄り、ぎりぎりの妥協の線として提示することも、創作者の使命の一つであって、これは、デザイン、アートを問わず、常に、そして暗黙のうちに掲げられる、ほとんど唯一の共通テーマであると思われます。逆にいえば、この挑戦を避けること、忘れることは、すなわち創作の堕落であり、惰性への隷属であり、芸術から生産への没落、「求められるものを与えるのだ」という偽善としての背信といえるものでしょう。

（略）

さて小生はこれを、今まで『スカイ・クロラ』や『クレィドゥ・ザ・スカイ』など多くのベストセラーを出してきた森博嗣の、純文学長篇への挑戦宣言と受け止めたのだが、間違っているだろうか。

（森博嗣『実験的経験』講談社文庫解説２０１４年７月）

ポストモダンの掌篇集——本谷有希子『嵐のピクニック』

ただいまより本谷有希子『嵐のピクニック』を読んでまいります。ほんとは「群像」掲載時に一度読んでいるのだがそれを忘れ、読んでいくことにします。

まず最初の「アウトサイド」を読んで、馬鹿な娘だなあと思うような人の多くはそもそも現代文学などあまり読まないような人だろうし、この娘に共感する人は人間の学習能力や潜在能力の凄さをよく心得ている人たちであろう。短篇連作の最初にこの少女の凄みを持ち出してきたのは効果的だ。読者を選別する意志も読み取れるし、この反逆の心地よさに似た快感を続く短篇で味わえるだろうという期待も大きい。

「私は名前で呼んでる」は、うって変ってキャリア・ウーマンにとっての負の感情が描かれる。幼児的な退行の原因らしきものも書かれてはいるが、誰に、いつどこで起ってもおかしくないパニック障害だ。共感を餌にして引っぱりまわされるのは読者の快感だが、作者にとっても快感であろう。このゲシュタルト崩壊の爽快さはすばらしい。

「パプリカ次郎」の場合は、書かれているような、不条理な天災をついには尊敬するという寓意を読み取らない方がよいのではないかと思う。ありのままの奇妙な話として受け取れば、不可解な部分も味わえるし、腑に落ちるのだ。突拍子のなさは充分楽しめる。ロシアの若手作家によるポストモダン小説のように読めた。「人間袋とじ」は、しもやけを利用して足の小指と薬指を癒着させようとする痛みと痒みが、床暖房の暖かさで増幅され、それが読者にまで伝わってくる気色の悪い話。小指と薬指にそれぞれイニシャルが彫られている男女の関係があと押しされ、肉体と神経の乖離が快い。

「哀しみのウェイトトレーニー」の冒頭、しばらくしてから突然会話文が地の文になり、主人公が何やら決意した様子なので、おや、ここから幻想の世界に入るのかなと思ったのだがそうではなく、そのかわりにトレーニングを始めた彼女の肉体が、幻想的に、といってもいいくらい劇的に変化する。すべてヒロインの幻想だったという結末にしてもいいくらいだが、珍しくもハッピーエンドで終る豪快な作品だ。

「マゴッチギャオの夜、いつも通り」は、下から目線のSFである。人間の子供並みの知能を持つゴードンは他のチンパンジーと馴染めず、ニホンザルの猿山に入れられる。この設定がすでにSFであり、彼が最初猿山にやってくるところはすぐれたSFによくある雰囲気が横溢していてとてもいい。語り手であるニホンザルのマゴッチギャオはそんなゴードンと仲良くしようとするが、知能のないニホンザルに興味のないゴードンは自分の境遇に絶望していて、死にたいと願っている。だがニホンザルたちはゴードンにない超能力を無自覚のままで持っていたのだ。結局動物としていちばん低劣なのは猿山に花火を投げ込む人間たちなのだった。

「亡霊病」はおっかない上にたいへんな迫力だ。どんな原因による病気なのかという解説もないまま破局に突き進んで行く。誰もが、ただただあっけにとられるだけの読者になってしまうのだから凄い力技だ。「タイフーン」は掌篇ファンタジイだが、ここまで読んできて、この本に収録されている十三篇すべての趣向が異なり、同工異曲の作品がないらしいことに感心してしまうのだ。つくづく一気読みすべき本じゃないなと思う。読み飛ばしたらあべこべにぶっ飛ばされてしまうだろう。「Q＆A」まで読んできて、一方で有名な演劇人でもある作者は、舞台ではできないことのすべてをやろうとしているのだと気がついた。この「Q＆A」は、これに似た人生相談をテーマに、小生が書こうとしていたことでもあった。これを読んで書く気が出てきた。すべての短篇について言えるのだが作家に対しても挑発的な作品群だ。

「彼女たち」は突然女たちがそれぞれの男たちに決闘をしかける話である。主人公の青年は決闘の末、恋人に勝って殺してしまうのだが、どうやら彼女はわざと負けてくれたらしいのだ。これがいちばんよくわからない作品だった。自分以外の女に心を向けるようなら決闘して殺すか死ぬかしてしまいたいというような願望が女性にはあるのだろうか。決闘する場所を決めるため歩きまわるところは、まるでセックスするために人目につかぬ場所をうろうろ探すような、夢でよく見るあの感じに似ていた。

「How to burden the girl」も女が戦う話だが、今度は昔の安達祐実ちゃんみたいな可愛い女の子が長刀を振りまわして悪の組織に応戦する。隣に住む語り手の三十四歳の男に、少女が身寄りをなくした自分のつらさをわかってもらうために、男の老いぼれた父親を誘惑しろと自分の論理で迫るのがムチャクチャで面白いが、ここまで読んでくると、これだけ変な話をいくつも、よくまあ思いつくものだと感心するほかない。

「ダウンズ&アップス」で、やっとドラマらしいものが出現する。デザイナーというありふれた職業を異化しているのだが、役者に演技指導を――その役の性根を教えている演出の本谷有希子が見えてくるのだ。ここに登場する役者たちはこれだけ親切に教えられたらもうそれぞれの演技を完璧にこなすしかない。

最後の「いかにして私がピクニックシートを見るたび、くすりとしてしまうようになったか」は、遅延（または妨害）の技法で終始する。試着室の中にいるのはどんな女なのかという読者の疑問に対する答えをいつまでも出さないミステリー効果のある技法だが、作者はついに最後まで女の正体を明かさない。エンタメ系の技法と思われているが、これならもちろん、文学になります。

眠れない夜、台所でウイスキーを飲みながら「群像」のこの連作を一篇、または二篇読むという楽しみを味わった。あの読み方は結局正しかったのだ。そのあといい夢や悪夢を幾晩も見せてもらったからである。

（群像２０１２年８月号）

モブ・ノリオ『介護入門』

明確なストーリィ展開もないままに語り手の心情を一人称でえんえんと書くというのは特に作家にとっては食指が動かざるを得ないまことに魅力的な手法なのだが、これをやって読者を退屈させないためには「何でもあり」の小説を沢山読んだ上で「何を書いてもよいのだ」という確固とした信念を持っていない限りできるものではない。この「介護入門」がそのような初歩的な水準をはるかに越えているのは作者モブ・ノリオの正統的な読書歴の賜物だ。あえて文学史の正道という言葉を使わせてもらうならばそれはセリーヌやヘンリー・ミラーを始祖とするメイラーのヒップ文学から黒人のヒップホップ文学に到る流れのように、発生当時こそ邪道とされながらも今や当然のように正道とされている正統な文学史を踏まえた読書歴のことで、それはこの作品を読めば「YO、朋輩《ニガー》」という呼びかけを例にあげるまでもなく自明のことである。そして彼の正統な読書歴は誰も正道ではないと言わぬであろう大江健三郎の「ha、ha」にまで到るのだ。モブ・ノリオがいかに正統な文学者であるかを言うために言わずもがなのこんなことまで書くのは、この作品の語り口に対して、いかにもラップ臭いというので嫌悪を感じる新しがり屋がいたりするからだ。つまりこうした語り口が正統的文学の一部ではずっと以前から日常化した伝統であることを知らないために文学の進歩を阻害している人がいるということであり、まだまだ日本は文学の最先端から遅れているとしか言いようがないものの、一方ではこの作品が芥川賞を受賞したことに小生など、あながち文壇も捨てたものではない、選考委員の平均年齢がこの作品の語り口の懐かしさに伝統を実感させたのだとすれば怪我の功名かなどと、幾分ほっとしたりもしたのだった。

世に肉親の介護を描いた小説は数多い。同人雑誌など、介護文学の花盛りだ。そのため「文學界」の同人雑誌評では「他の介護小説と『介護入門』とはどう違うか」を評者が論じたりもしていて、それはそれで面白いのだが、ここはそのような同人誌作家向けの論考をする場所ではないし、介護についてモブ・ノリオにインタヴューした馬鹿の同類と思われることにもなるので、むしろ他の作家とモブ・ノリオの違いについて考えてみよう。そういえばモブ・ノリオという文字通り人騒がせなペンネームについて疑問を持った人もいるようだが、今やこんなペンネームで驚いていてはいけない。ライトノベルの世界には人間を示すものとはとても思えぬペンネームさえ多数存在するのであり、モブ・ノリオなどはむしろ作家の自己韜晦としては温和しいくらいのものである。そして今、自己韜晦と言ったのは、まさに作者が世間に対してのみならず自分に対しても、自分が何者かわからぬという自己意識の持ち主だということをこのペンネームやこの作品によって示しているからだ。モブ・ノリオの特異性のひとつはここにあるのだと考えるし、それによってモブ・ノリオというペンネームがいかにこの作家に相応《ふさわ》しいかを納得させられてしまいもするのだ。自分が何者かわからぬという自己意識を持ち続けてきた作家は、たとえ文学賞を取ろうがどうなろうがやっぱりその意識を持ち続け、何者かになってしまうことを拒否する。永遠の放浪者と言うべきか、何者にもならない「ならず者」志向と言うべきか。そして筆者自身が「破落戸《ごろつき》」という意味ではない「ならず者の傑物」呼ばわりされた経験から言うなら、モブ・ノリオにも、どうあってもならず者でいて欲しいと願ってしまうのだ。

最初に書いたように、「何でもあり」の小説を沢山読んだ上で「何を書いてもよいのだ」という確固とした信念を持っている作家はもはや「何でも書ける」作家でもある。芥川賞受賞の記者会見の席で文学音痴の記者が「これしか書けないのではないかという意見もありますが」と言ったそうだが、これは最初の候補作で受賞した人に対して必ず出る疑問であることが常識であることも知らぬおよそ文芸担当記者らしからぬ発言であったし、仮に怒らせようとしての発言であったにしても幼稚であろう。では何でも書ける人が「何でも書いてよいのだ」と決意した時には新たな著作が次つぎに生み出されるかというと、これもそうではないのだ。だからこそ逆に「何でも書く」ことを拒否し、そもそも作家らしい作家になることをさえ拒否して「ならず者」を志すということでもある。事実受賞作以後の彼は、巻末の「既知との遭遇」に代表される小味のきいたいくつかの短篇を発表しただけだ。もう一度振り返って考えてみれば、自分が何者かわからぬという自己意識は実は作家にとって貴重な財産であり、本来ならそのような一種の似而非《えせ》者意識は作家すべてが持っていなければならない筈のものではないかとも思えるのだ。

では、ここでちょっと彼の文章を音読してみることにしよう。

ああ、まさに俺がいるのは地獄さ、進んでも進んでも、どれだけ進んでいるのかさえ判然とせぬ同じ場所、この先、祖母の死まで永く永く終わりなく続くのかと、時に激しく恐怖し絶望し助けを乞おうが依然変わらぬ俺の地獄だ、俺にしか務まらぬ、俺が覚悟し手に入れた此処、貴様らが地獄と呼びたがる此処から、さて、俺の番だ。本場娑婆《シャバ》仕込のどす黒き悪願をかけてやろう。貴様らの手から放った悲劇の数々が巡りに巡り、いずれ貴様の居場所を探し当て、貴様に降りかかる、その日は何の前触れもなく貴様らの家に訪れる、捨てられた貴様の影が、泣き腫《は》らした眼で、頼むから入れてくれろと戸を叩くのだ。畢竟《ひっきょう》他人事と侮《あなど》っていたのか？　貴様が書類を流したように、他所を飽いた悲劇が貴様の下へと打ち寄せる、さあ、予言してやる、突如貴様の言葉は予期せぬ悲劇を口走り始めるだろう、真っ先に言葉から憑かれ、現実がその奴隷となって悲劇の成就に向けて苦役を担うだろう、と。悲劇はいつもここからだ。貴様の出会うものすべてが悲劇の顔を隠し、何かか誰かに縋ろうとして足を滑らした途端、貴様は更に深く、奈落へと呑まれるのだ、ｈａ、ｈａ、既に始まっているのだ、出会うものすべてが悲劇だと言ったろう？　助けを求めたその相手こそがまた別の悲劇だ、そんなものが貴様を助けるとでも思うのか？　金も仕事も恋人も家族も友人も医者も警察も弁護士も占い師も宗教も思想もレジャーも何もかもが、貴様のために誂《あつら》えられた次なる悲劇への門だ。所詮は他人の物語と侮っていたのだろう、だが不当に貶《おとし》めた物語たちをなぞり返すように行《あん》脚《ぎゃ》する貴様は、悲劇が今や真理のように貴様の喉元まで満ちることを知る、溺れるか、それとも無駄に藻掻《もが》いてみせるか？

いいですねえ。これはもうラップではあるまい。読者への呪言だ。書き写しているうちに呪いがこちらに憑依して、いやそもそも憑依を望んで書き写し始めたのかもしれないが、読者諸氏も音読するだけでなく書き写してみたらどうですか、心地よく地獄へ行けますよ。まだまだあと2ページ半ほども続くこうした呪術的な言語表現が、たまたま自宅介護する主人公の常に発している呪文めいた独白に適合して、より主題を深化させる結果になったとはいえ、言語によるこれほどの呪術をわがものにした人間になんで「これしか書けぬ」などと言えるのか。むしろこの文体がたまたま主題を深化させたのだと思わせることこそ本物の証拠ではないのか。

ところで文庫化されたこの作品には、単行本では編集者の自主規制によって削除されていた「士農工商穢多非人」という言葉が復活されて出てくる。マスコミの自主規制に抗議して断筆した筆者への支援かとも思えて心強い。「差別語を使うのは作家の特権ですかあ」とおれを怒鳴りつけた朝日新聞・本田雅和記者の顔が眼に浮かぶのだが、始めて訪れた家で主人を怒鳴りつけることができるのも朝日新聞記者の特権であるように、なるほど確かにそれは作家にしかできない、作家の特権であるのかもしれない。しかし特権には義務が伴う。いかに糾弾されようと、いかに差別的な言語であっても歴史のある時期に発生し現在にまで残ってきたのに言葉狩りで抹消されようとしている日本語をなんとかして後世に残そうとすることは作家の使命であり、作家にしかできないことなのだ。

最後にひとこと、作者にお礼を申しあげておこう。この解説をぼくに書かせてくれてありがとう。

（モブ・ノリオ『介護入門』文春文庫解説２００７年９月）

私の好きな谷崎賞受賞作品――辻原登『遊動亭円木』

これは落語家が主人公なので人情話かなと思いながら読んでいくとすぐに脱臼しはじめて凄いディコンストラクションになる。この作品の第二話の中でちょっと気になるエピソードがありそれが今回この受賞作を取りあげた理由だ。円木《えんぼく》の家に矢野という女性が訪ねてきて不在の円木に代り妹の由紀が応対に出る。その話の中で「円木の話」を読んだということを矢野が言い、聞き咎めた由紀が「円木の話がどこかに出たのか」と聞くと矢野は自分が読者であることをばらしてしまったことに気づき、そそくさと帰っていく。ここが面白くまた気になっていたのだったが、なぜ気になっていたのかわからなかったのだ。ところが最近出た佐々木敦の新著を読み、これが小説の中で読者の存在を強調する意図を籠めた非常に新しいフィクションであったと知り、さてはそうであったかと、なかば無意識的にこの新しさに気づいて受賞作にした自分の先見の明を誇る気分になったのだった。

（中央公論２０１４年11月号）

侵犯と越境――池上永一『シャングリ・ラ』

本書『シャングリ・ラ』は、著者の最新作『テンペスト』の前作にあたる長篇である。この作品には傑作『テンペスト』につながるいくつものテーマがすでに顕著である。それは文芸的には侵犯、そして越境というテーマと言えるだろう。両作品に共通する厳格な階層社会において、主人公たちは立入り不能の上部社会または禁断の領域へと侵犯し、立ち返ってはまた侵犯する。そして登場人物は男性・女性の境界を超えては立ち返り、性の越境を繰り返す。主人公たちの侵犯と越境によって作品内のほぼ固定した社会は激しく流動し、独特の過激な物語が展開する。

『テンペスト』の舞台が過去の末期琉球王朝であるのに対して、『シャングリ・ラ』は未来のアンチ・ユートピアが舞台である。つまり『シャングリ・ラ』は純然たるSFではあるのだが、単に未来ものというだけではない。経済炭素という概念の導入によって地球温暖化という現代的な問題を伴ったポリティカル・フィクションになっているし、未来といってもむしろこの世界は呪術的な異世界だから異世界ファンタジィであるとも言えよう。さらに擬人化されたコンピューターの存在やそれとの戦い、自分の脳と端末を接続するなどの描写はそのままサイバーパンクの世界でもある。

この作品の長所でもあり欠点でもあるところは、すべてにわたって過剰であるということだ。作品内の世界の異常さを読者に堪能させるために作者が採った方法はリアリズムではなく、この過剰さである。SFといえども通常の読者はその世界への感情移入を望み、その望みはリアリティによって得られるのだが、ここではリアリティは決定的に無視されてしまう。人間の能力を超えた超現実的な武術の応酬や、何にでも擬態する最終的と言っていい兵器、戦いに敗れて死んだ筈の主要人物たちが何度も現れるなどの「何でもあり」加減は、まるでマリオネットの国の荒唐無稽さである。現代性との決定的な絶縁が見られるのは、大衆やマスコミや警察の不在であろう。名もなき下層階級の者や従者や軍人たちは主要人物たちによって簡単に、そして大量に、単に人数が述べられるだけの描写で殺戮されてしまう。

検索すると、こうした過剰さをおたく的に喜ぶ読者も数多いようだが、それでも彼らがこの本を「人には薦められない」と言っているのは興味深いところだ。まるでこの作品内世界のような過剰で呪術的で秘儀的な感覚を人には教えず、一部のマニアックなファンだけで大切にしていこうと言っているように思えるからである。

しかしながら、多くのすばらしいアイディアがここに展開され、中には惜しくもノンストップの展開にまぎれて、その中に埋没してしまっているアイディアさえ存在するこの作品の価値は、完成度とはまた別に評価されるべきであろうし、作者の才能を疑う人もまたいない筈である。この『シャングリ・ラ』の欠点がほとんど払拭された『テンペスト』の中のわずかな欠点が、前に戻ってまるで『シャングリ・ラ』で拡大されているようにも思えるその後続の作品『テンペスト』が、この作品よりももっと高く評価されるであろうことは間違いのないところだが、『テンペスト』の大ファンとなった筆者としては今後、さらに『テンペスト』以上の傑作が生み出されることを期待せずにはいられない。

（池上永一『シャングリ・ラ　下』角川文庫解説２００８年10月）

わが死にかたの指針――山田風太郎『人間臨終図巻④』

おれが解説を担当するこの文庫新装版『人間臨終図巻④』は、「七十七歳で死んだ人々」から始まっている。そしておれは今、七十七歳である。あっ。編集部は何という皮肉なことをするのだ。いわばこれはおれ個人にとって、これからの死にかたの指針となる内容ではないか。

本書は最初ハードカバーで出版された時、著者からの贈呈を受けた。その時は上下二巻本であったが、面白かったので当時おれはこれをただちに読破している。その後三巻本として文庫で出たものを今読み返しているところだが、七十七歳以降とて結構な分量だ。昔の人は早死にだったから少ないだろうと想像する人がいるかもしれないが、どっこいそうでもないのである。

しかしながらやはり、この人、今生きていればもっと長生きできただろうなあ、と思う人が多い。血圧を低めに安定させるノルバスクとか、血液がサラサラになるバイアスピリンとかいった優秀な薬があり、おれはこれを常に服んでいるのだが、これがあれば脳血栓の嵐寛壽郎、脳溢血の河竹黙阿弥や出口王仁三郎や北里柴三郎や河口慧海、動脈硬化の法然やトーマス・マン、心筋梗塞の幣原喜重郎や山田耕筰や美濃部亮吉や入江相政など、多くの人がもう少し命永らえた筈である。もちろんこうした個性の強い人たちの多くは医者を嫌い、貰った薬をすぐに全部捨ててしまうなどのことをする人たちであるから、今生きていても同じであったかもしれないが。

また老人で多いのは、ロダンや嘉納治五郎などのように、肺炎にかかっている人が風邪をひいて死にいたる場合である。さらに多いのは、それまで元気だった人が転んだり倒れたりしたのがきっかけで何らかの病の床についてしまうケースである。風邪と転倒、これはおれも気をつけねばならぬことだ。転倒はもののはずみでしかたがないが、風邪だけは初期のうちに板藍根《ばんらんこん》という漢方薬を服んで治してしまうことにしている。

この年齢になっても性病がもとで死ぬ人がやはり、何人かいる。もちろん今ならば性病のみならず感染症に対してはペニシリンなどいい抗生物質がたくさんあり、死なずにすんだ筈だ。

これ以前の年齢の人たちには戦死したりテロによって殺されたり事故死したり自殺したりという例が大変多く、中にはその死にかたによって有名になった人もいるのだが、もともと歴史上の人物が多いのだからそういう死にかたが多いのも納得できるものがある。だが七十七歳以上になると、さすがにそうした人は減ってきて自然死が多い。テロで斃れたのは犬養毅、ガンジー、高橋是清、マウントバッテン卿、安田善次郎などほんの僅かであることで、なんとなくほっとする。また自殺にしても、イーストマン・コダック社の社長イーストマンなどごく僅かだ。車にはねられてなどの事故死、というのも少なくない。

死亡年齢があがるにつれ、九十七歳の熊谷守一や九十八歳の梅原龍三郎や九十九歳の諸橋轍次や百七歳の平櫛田中や百八歳の大西良慶などの、ほとんど苦しむことのない「眠るが如き大往生」という、いわゆる老衰死が多くなってくるのも、こちらの心を穏やかにするものがある。自分がそんな死にかたをするかどうかはわからなくても、長生きした方が楽に死ねるということが証明されたと思うからであろう。できるだけ長生きするということには、それが宇宙に対する人類の使命であると同時に、苦しまないで死ねるからという理由もつくことになる。

作家として手本にすべきは、なんといっても野上弥生子であろう。毎日原稿用紙二枚をノルマとして長篇「森」を書き続け、数え年で百歳のお祝いの会では明晰な言葉で挨拶を返し、亡くなった時には、八十七歳から書き綴っていたこの「森」がほとんど完成していたと言う。しかも「森」にはまったく衰えが見られず、老いの影も見えず、その年の最高作とする評論家もいたというから驚くべきものだ。

大往生、などという死にかたはやはり、特別である。たいていの人は病気になり、それが長引き、最後は自宅か病院で苦しみながら死んで行く。痰が咽喉に詰まって苦しむという死に際が多いことも、うんざりさせられるケースだ。この巻にはないが、七十四歳で死んだ久保田万太郎など、赤貝の握りを咽喉に詰めて死んでいる。どれだけ苦しかったことかと思い、この死にかただけは堪忍してほしいなどと思う。

臨終に際して、その時枕元にいるのは、稀には他人だが、主に親族である。父親の死を看取る子が多く娘であること、娘に尊敬されている父親が多く、ほとんどの息子は父親と不仲であるという山田風太郎の指摘には、なるほどと思わせられる。息子に尊敬され、八十五歳で死んだニュートンみたいに、「あとには莫大な貯金」を残して死んでやりたいものである。

この七十七歳以上の巻では、著者が作家であるだけに、同業の作家や詩人が四十余人と圧倒的に多く、次いで多いのが政治家の三十余人、画家・音楽家が二十人足らず、科学者が十五人ほど、実業家が十余人、宗教家と俳優はぐっと少なくて、いずれも六、七人である。資料に乏しいジャンルなのであろうか。全体を読んできた印象からすると、俳優はどうも若死にの傾向があるようだ。軍人も同様である。おれはどうやら長生きする職業を選んだらしい。

山田風太郎は「死」にたいへん興味を抱いていた作家である。パーキンソン病その他の病気に罹っていたため、比較的早くから自身の死を見つめていたのだろうと思う。その死生観は小説を読んでもあちこちに散見できるのだが、エッセイにおいては何と言っても「あと千回の晩飯」にとどめをさす。あと千回しか晩飯を食えないだろう自分を、末期の眼で見つめているのだ。

そして山田風太郎は、この図巻を書いたのち七十九歳でこの世に別れを告げている。その命日の七月二十八日は、彼の師であった江戸川乱歩の死んだ日なのである。乱歩さんはおれを世に出してくれた師でもあり、さらにおれは昨年より設立された山田風太郎賞の選考委員もさせられている。このあたり、ただならぬ因縁を感じてしまうのだ。風太郎さんとは一度もお目にかかる機会はなかったものの、その作品を互いに認めあい、お互いの文庫本に解説を書いた仲であった。

さらにはこの本を読み、文庫版三巻目の解説を書き、「人死がこんなに面白いものとは知らなかった」と言ったわが長年の友人・平岡正明も、まさかその時自分が脳梗塞のため六十八歳の若さで死ぬとは思ってもいなかっただろう。この二人のことがこの臨終図巻に載っていないのはなんとなく不思議に思う。あれっ、肝心の人たちが載っていないじゃないかという錯覚に襲われるのだ。

この二人、もし自分が臨終図巻に載るとしたらどんな具合に書かれるかを想像しなかったであろうか。おれなどは自分の死が書かれた文章をつい想像して、もしや醜態と未練と老醜にまみれた臨終を暴露されるのではないかと、いらぬ心配をしてしまうのである。いやいや、実際に、好評だったこの図巻の続篇を書いてやろうなどという者が出現するかもしれないな。

（山田風太郎『人間臨終図巻4』徳間文庫解説２０１１年12月）

風太郎と明治物

山田風太郎作品でぼくが最も愛するのは、何といっても明治物と呼ばれている一群である。この一群だけで全集があるほどの多くの著作だ。中でもぼくのピカ一は、多くの方がたと同じく『幻燈辻馬車』である。幼い孫娘を横に乗せて馬車を馭する干兵衛。危機に陥るたび孫娘が「とと」と叫ぶと、西南戦争で死んだ息子が出現して馬車の前に立つ。この場面は誰もが記憶する名場面であり、だからこそわが敬愛する岡本喜八監督が映画化しようとしたのであったろう。畏友・山下洋輔がその音楽にとりかかっていながら、残念なことに喜八さん、亡くなってしまった。

『幻燈辻馬車』では死んだ干兵衛の妻も幽霊となって登場する。この幽霊たち、最初の出現こそ物凄いのだが、そのうち次第にどたばたじみてきて、ユーモアたっぷりに語ったりもする。このあたりもぼくの好むところだ。無論ラストの凄みたるやまさに絶品である。そしてやはりこの人の明治物の特質とも言える、怪談話の三遊亭圓朝を始めとした実在の人物たちの間断なき登場が実にいい。

その次に来るのが『明治波濤歌』であろうか。一時ぼくはこの連作集に入れあげて、なんとか一本の脚本にならないだろうかとさまざまに試みたものの、風太郎さんだけあっておいそれとは纏めさせてもらえなかった。それほど各中篇の密度は濃いのである。ここでも実在の人物たちが入り乱れて活躍するのであるが、はて、事件現場にやってきた警察官の前に近づいたその家の子が名を聞かれて「直哉」と答え、警察官が「ほう。志賀直哉って言うのかい」と返す場面、のちの大文豪がたった一場面の登場なのだが、この場面が『明治波濤歌』であったか、それとも『警視庁草紙』であったか、さだかではない。どちらにせよここにタイトルを記した三作品、いずれも明治への郷愁を掻き立ててやまぬ傑作である。これに倣ってぼくも昭和物と呼ばれるような連作を後世に残したいものだと思うが、もはやそんな根気がないのは残念だ。

（幽2017年6月号）

冲方丁『光圀伝』

子供の頃、朝日新聞に吉川英治の「梅里先生行状記」という小説が連載されていた。挿絵を見るだけで字はまだ読めなかったが、梅里先生というのは水戸黄門のことであると大人が教えてくれた。

ただしこの小説はいわゆる漫遊記ではなかった。当時は子供でも水戸黄門を知っていたが、それはあくまで漫遊記として知っていたのであり、恐らくは親や女中や友人の話によるものであったろう。漫遊記を少年講談などで読むのはもう少し先のことである。

昭和十三年（一九三八）に日活で制作された「続水戸黄門廻国記」を、ぼくは小学生時代に見ている。この頃はもう漫遊記を読んでいたし、佐々木助三郎を阪東妻三郎、渥美格之進を片岡千恵蔵、豊臣の残党で黄門殺害を企む小坂部主馬盛親を嵐寛壽郎という豪華な配役であり、それだけでわくわくしたものだ。黄門を演じたのはそれまで何度も黄門役をやっている日活の重鎮山本嘉一で、この豪華大作は「水戸黄門廻国記」と並んで山本を賞揚するための何十周年かの記念映画だったらしい。そのためかこの映画、他にも人気俳優が並んでいて、今でも名を知られている俳優を列挙すれば月形龍之介、市川百々之助、原健作、志村喬、市川春代、深水藤子、原駒子、江川宇礼雄、伊沢一郎、轟夕起子、花柳小菊その他今ではほとんど名を忘れられている人気者がずらりという、当時の映画界を知る者にとっては仰天の顔見世だったのだ。

戦後のテレビドラマ「水戸黄門」はこうした漫遊記をほぼ踏襲しながらもパターン化してゆき、もともと実際の光圀像からはずいぶん遠かった黄門様だが、さらにどんどん遠ざかっていくかに思える。実際には光圀が江戸や水戸や関東の二、三の観光地以外に各地を歴訪したという史実はまったくなくて、「大日本史」を編纂したという学問的業績があることなどを知ってしまっているぼくにとってはまったくのナンセンスであり、そこに見出すのはただ娯楽的フィクションとしての価値だけなのだ。とは言え実際の光圀像をもっと知りたいという欲求はずっと持っていて、誰か面白く書いてくれないものかと思っていたのだが、三年前にアンチ漫遊記という形で冲方丁がこの「光圀伝」を書いてくれたことはそんなぼくにとって大いに喜ばしいことだったのである。

しかしSFをはじめとして虚構性に満ちた作品を多く書いている冲方丁のことだから、当然のことながら史実にのみ基づいた光圀伝ではなく、ここでは娯楽性を保ちながらも歴史好きを喜ばせ知的読者をも満足させるという離れ業を見せてくれている。

しかもこの作品における光圀たるや、葵の御紋の印籠効果などに依拠したりしないスーパーマンとして描かれているのだから堪えられない。のっけから宮本武蔵があらわれ、沢庵和尚が登場し、山鹿素行までが出てきて、皆で青年期の光圀を未来のスーパーマンに育むべくその教育係をつとめ、話題になるだけだが由比正雪まで出てくるのだから、これでもう歴史好き、時代小説好きの胸を鷲掴みにしてしまう。

個性的な登場人物も多く、男女いずれも常識から逸脱した超人的な才能を持つ人物ばかりで、これらが光圀を取巻いて物語を異世界の出来事のような次元へと導く。だが勿論そこには優れたSFに特有のリアリズムもあって、その時代その時代の光圀の悩みが自然主義文学の如きなまなましさで描写されたりもする。

　そしていよいよ黄門漫遊記の年代に達した光圀の周囲には、佐々木助三郎のモデルとされる佐々介三郎《さっさすけさぶろう》、渥美格之進のモデルとされる安積澹泊《あさかたんぱく》が登場し、黄門様に代って全国を行脚し史書を探索するのである。さらに嬉しいことにはこの時期に藩内から出ることのなかった光圀が近隣の農家を次つぎと訪れるくだりで、漫遊記の中でももっとも有名な、米俵に腰かけた黄門様を百姓の老婆が薪でぶっ叩くエピソードもちゃんと加えられているという読者サービスもあるのだ。

　吉川英治の「梅里先生行状記」では、藩の家老である藤井紋太夫が、将軍綱吉の寵臣だった柳沢吉保と組んで光圀の失脚を謀り、成敗されることになるのだが、この作品では後半になってすぐ、優秀な小姓として紋太夫が登場し光圀の寵愛を受ける。開巻早々のプロローグで、すでに重臣となっているこの紋太夫が光圀に成敗される場面があるものだから読者は、はてこの小姓がなぜ殺されなければならなかったのかという疑問を持つのだが、作者は最後までこれに答えない。それこそがこの作品のいちばん大きなテーマであるらしいと想像できるのだが、伝記史料では原因不明とされているこの事件を沖方丁はみごとに解決している。といってもそれは随分突拍子のないものとも言える。何しろ光圀と紋太夫それぞれの思う「大義」のぶつかりあいによる対立であり、紋太夫が自らの最終的な大義を明かすところなど、読者としては「早過ぎ！」と叫んでしまうぶっ飛びかたなのだ。

だがここから判断できるのは、作者が『桃源遺事《とうげんいじ》』『義公行実《ぎこうぎょうじつ》』『義公遺事』『玄桐筆記《げんとう》』『西山遺聞《せいざん》』その他の伝記史料を実によく研究しているということであろう。さもなくばそれらの欠落した部分から、多くのすぐれた歴史・時代小説がそうであるように、その欠落を利用してこのようなテーマや豊かなエピソードを創作することはできなかったであろうからだ。そしてそれらはいずれも、だからこそと言うべきか、虚構としての全体に奉仕しているのである。

しかしこれ以上、この作品内のあちこちを虚構と史実に分けて考察することはやめておこう。物語の流れに身を任せている読者の興味を削いではいけないし、史実をご存じない読者のためには、すべてを事実として虚構に没入したい気分が害《そこな》われてしまうと思うからでもある。

この作品は、物語として語られることによって、逆に伝記という形式に内包される文学性が露にされた例であると言える。それは例えば人生論であり生の意味であり死の意味であり時間感覚であるのだが、たとえ語り口、章立て、次章への誘引、改行、会話と地の文の配置などが時代小説乃至エンターテインメントの定石通りであったとしても、そこから紡ぎだされた虚構性が単なる虚構性を超えた前衛性を指向するものであれば、もはや文学性を持たざるを得なくなるのは優れたSFと同様だ。本来小説でのそうした手法は大きなテーマや読者に伝えるのが難しい思想を内包していればいるほど必要になってくるものなのだが、通常は内容が高踏的であることを誇る筈の、この作品で言うなら特においおいて、臆面もなく娯楽的な要素を加えて読者を読み続けさせずにはおかないというのも、ひとつの優れた力技であったろう。

この作品は二〇一二年、第三回山田風太郎賞を受賞していて、選考委員だったぼくはこの作品を推している。その時は他の多くが長大であった四篇の候補作も併行して読まねばならなかったので精読には到らなかったのだが、今回幸いにも再読の機会を与えてもらって感嘆を新たにし、真価を再発見したのだった。

今ぼくが選考委員をしている文学賞は、純文学系の谷崎潤一郎賞とエンタメ系の山田風太郎賞だが、その時その時の両方の優れた作品を知っておこうとするぼくのこの判断は正しかったようだ。さもなくばこの「光圀伝」のような作品には巡り会っていなかったかもしれない。

また作者冲方丁の年齢が三十八歳の若さであり、大学在学中に「黒い季節」でスニーカー大賞の金賞、「マルドゥック・スクランブル」で日本SF大賞、初の時代小説「天地明察」で吉川英治文学新人賞、同じ年の本屋大賞を受賞しているなどの経歴を知ることによって、「光圀伝」を精読せぬまま風太郎賞の授賞に一票を投じた不安を払拭できたことも付け加えて告白しておくべきだろう。作者冲方丁、直木賞だけはとっていないようだが、これはよく理解できる。直木賞は思想性があったり前衛的であったり要するに作者の意図が難解であるために不明であったりすると落される傾向にあるので、これはむしろ誇るべきことであろう。

ついでに、この「光圀伝」を読み、受賞作品など冲方丁の過去の作品を読み返したい気持は持ちながらも、多忙と高齢による根気のなさと怠慢からまだ読んでいないことも告白しておかねばならない。また「天地明察」は映画化もされ、「光圀伝」にも登場する天文学者・安井算哲が主人公であり、光圀も登場するらしいのだが、残念ながらこれも未見である。この方はいずれ必ず見る機会があることははっきりしているので、楽しみにしておく。

（冲方丁『光圀伝』角川文庫下巻解説２０１５年６月）

村中豊『新宿夜想曲』推薦文

『紅蓮』の村中豊が、不良っぽい魅力をそのままにして、感情豊かに一歩、文学へと足を踏み出した。

（『新宿夜想曲』帯２０１０年１月）

今野敏『怪物が街にやってくる』

何しろもう四十年も昔のことになるのだと言う。問題小説新人賞というものがあり、その選考委員を務めていたおれがこの「怪物が街にやってくる」という短篇を推薦して激賞したのだそうである。今、読み返してみて記憶が戻ってきた。若い頃の今野敏とおれとはこの作品に描かれている時代の中で似たような体験をしているのだった。表題作だけではなく、この短篇集に収録されている六作品全部がその時代背景の中で書かれたものだ。すべてがジャズというテーマの下で書かれている点では『ジャズ小説』というタイトルで書いたわが連作に似ているが、今野敏は主にジャズマン乃至ジャズマンに同化した主人公を描いていて、ジャズのあらゆる雑多な側面から着想を得ているわが連作とはその点で大きく異なっている。

いったい今野敏はどうしてこれほどまでジャズに傾倒し、ジャズマンに感情移入できたのだろうか。おれに想像できることはこの時代、実に個性的なジャズマンたちがそれぞれその個性を次第に露《あらわ》にしはじめていたためではなかっただろうか。多くの作品に登場するジャズマンたちにはそれぞれほぼ確実にモデルが存在しているし、彼らの個性からは作品中の誰が現実の誰であるか、わかる人には容易にわかるのである。つまり今野敏は豊かなモデルたちの存在を同時代のジャズファンに説明するほどのこともなく、ただ自分が憑依した彼らを自由に描写しただけでジャズそのものを書くという目的を果たすことができたのだった。そして今、おれは殊更に作品内の誰のモデルが現実の誰であるかを解説する気はない。あのトリオにいた誰が独立して、その誰かが後にトリオとどういう関係になったかなど、知っている人は充分よく知っているし、逆に、この世界に無縁の人はまったく知らないのだから、むしろ解説抜きで作品の語るところに身を委ねてもらうのが正しいのではないかと思うからである。ただ、最初の短篇「怪物が〜」に登場するトロンボーンの向井田滋朋のモデルというのが明らかにおれの大好きなトロンボーン奏者・向井滋春であることだけはぜひとも書いておきたい。ファンとしてはその大活躍がなんとも嬉しいからである。

作中の舞台となるジャズクラブも新宿に実在し、おそらくはそこに通っていた今野敏とおれも互いに気づかぬまま同じ音楽を聞いていたのであろうことから「似たような体験をしている」と書いたのだが、その時の固有の時代背景はもう二度と繰り返されることのない時代背景なのだ。そう考えるとこの作品群のなんとも言えぬ懐かしさとほのぼのとした愛しさを自分の中に次つぎと自分自身で醸成することになる。

ふたつ目の「伝説は山を駆け降りた」の主人公はがらりと変って演奏がルーティン・ワークと化した平凡なカルテットを率いるサックス奏者である。ある女性歌手のバック演奏を務めたことがきっかけでジャズの本質に気づくのだが、そのきっかけがテレビで見たキックボクシング類似の格闘技であるというところは、最後がジャズクラブ内の集団暴力事件で終る「怪物が〜」に似ていて、今野敏のイメージするフリージャズの演奏というのがあるいは格闘、あるいはスポーツといった表現になることはたいへん興味深い。これは当時ジャズマンたちがジャズをスポーツやある種の格闘技とのアナロジーで話していたことに関係している。

「故郷の笛の音が聞こえる」には何やらおれに似た、トリオの追っかけをしている作家が登場し、さらに「怪物が〜」にも出てきたジャズマンたちが主役となり端役となりして登場する。初めて伝綺的な装いを凝らした作品で、この時代の今野敏がさまざまな設定を試みようとしていたことがわかる。この作品、トリオの演奏シーンが特に楽しい。

「処女航海」はがらりと変って未来SFである。ファンタジイと言うなら収録作すべてがファンタジイと言えようが、これは相当にハードな、ジャズの演奏こそ出てこないが、音楽、絵画、映像などの全方位性を持つ芸術的SFだ。娯楽性を犠牲にして描こうとしている世界であり、この時代における今野敏の純粋さが最もよく示されている作品ではないだろうか。

西部劇的未来SF「旅人来たりて」は、クライマックスにトランペット・ソロの演奏を持ってきた人情ものである。その曲が、リチャード・ホワイティングの「マイ・アイディアル」だという渋さであり、この辺りからも今野敏のジャズへの入れあげようがわかるというものだ。

「ブルー・トレイン」はメランコリックなファンタジイで、今野敏の守備範囲の広さを示している。ジャズマンの哀歓もここまで書ければ立派なものだ。ジャズが大好きだった今野敏は大学卒業後レコード会社に入社している。

この時代の作品の今野敏と現在の文壇における今野敏、さらにはつい最近我が家へ対談にやってきた今野敏という三人の今野敏がおれの中に存在している。自分の作品世界を確立しようとして懸命だった頃のナイーブな彼は、もはや各ジャンルに及ぶ何十ものシリーズを持ち、月に一冊とか二冊とかの割合で超人的な量産をする流行作家となり、日本推理作家協会の代表理事となり、それでいて大物面をすることもなく我が家へやってきて真面目で律儀な顔を見せるのである。この三人に共通するものが何かと言えば、それは小説世界への汲めども尽きぬ愛情であろう。それなくして、どうしてここまで小説のために自分の命を削ることができるだろうか。今野敏は処女作におけるジャズへの愛情を自身が描くことのできるすべての小説世界に敷衍させたのである。

（今野敏『怪物が街にやってくる』徳間文庫解説２０１８年４月）

山下洋輔『ドバラダ門』

「ドバラダ門」は、すでに十冊以上エッセイの著作があるピアニスト、今や「世界の」が冠される山下洋輔の唯一の長篇小説である。あっ。「唯一の」は「長篇小説」だけではなく、ただの「小説」にもかかっておりますのでご注意ください。

「小説を書きなさい」「小説を書きなさい」「小説を書きなさい」「小説を書きなさい」としつっこくすすめたのはこのおれであり、だからこの作品には責任の一端がある。しかし、おれの思惑（むろん危惧などは最初からなかった）をはるかに越す傑作ができたのだから鼻が高い。これほどの欣快事がまたとあろうかまたとない。事実この作品は直木賞にノミネートされそうになったものの、著者が文壇の位階制度など歯牙にもかけぬ文壇外の大物であり過ぎて、関係者たち恐れをなし、もし万が一落選というようなことになればどのような祟りがあるやも知れぬというのでノミネートを思いとどまったという裏の話もあって、地獄耳のおれが言うのだからこれは事実である。

　小説を書くということがどれほど面白くて実入りがよく、本人のためになるか、特に山下洋輔が書けばいかに面白いものができるかを、山下洋輔とふたりだけで入った銀座の某小料理屋で膝つきあわせ、彼にコンコンと説いたのはこのおれであるが、実は、しかし、それが即ち「ドバラダ門」成立条件の一であったのかどうかについては甚だ心許ないものがあるのだ。というのも、この小説の成立は山下洋輔がご先祖さまのなした業績を知って驚愕したことが最大の起因となっているからだ（第一章参照）。

祖父が刑務所建築の第一人者であることを知って驚いたのがきっかけで山下洋輔はこの小説を書きはじめた。書いている途中で祖父の作ったあちこちの刑務所を見学し、史料を渉猟し、新事実が出てきてまた驚くといったその過程までが並行して、著者の日常が描かれる中で書かれていて、これぞまさしく揺蕩《ようとう》するテキストと言えよう。その意味ではわが初期の中篇「筒井順慶」に対応するものである。

ご先祖や一族のことを書くというのは、小説の初心者にとって極めて多難であると同時に、これほど本人の腕の確かさや作品の出来不出来が明らかとなるものはないので油断できず、だから逆にまたとない腕試しの対象ともなり得るジャンルである。単に史料によってご先祖や一族の事業や言動を描くだけではろくなものにならないことが最初からはっきりしているからである。自然主義リアリズムの手法で書かれ、極めてリアルに描かれていながら、結局はご先祖自慢や隠蔽された過去暴きに終わっている作品がたくさんあり、はっきり言ってわれわれはそうした作品に食傷している。

書いている本人がご先祖さまのいる過去へ飛んで、ご先祖さまと対面したり、騒ぎに巻き込まれるという技はおれも「筒井順慶」で使っているが、この作品はさらに新手の技法を駆使していて読者の眼をくらませる。ご先祖の中のひとりを時間漂流者に仕立てあげたこと、山下姓の著名な人物を多数登場させ、これは要するに「ヤマシタとは何か」というとんでもない探求を行うためなのであるが、そうした著名人を活躍させて効果を生んでいることと、などと、などである。結果、話は時間空間を超越して世界的な広がりを見せ、作品は文学的評価を眼下に見おろす異様なメタ・フィクションの傑作となった。「メタ・フィクション」は言うまでもなく「小説を批評する小説」の謂《いい》であるが、ここでは小説に限らず、歴史、文明、音楽、西欧、建築、そして日本、国家、はては戦争までが批評されている。

山下洋輔独自の知識と思考で培われた文体と文章が、もともと、このような作品を書くにふさわしいものであったことがさいわいして、「ドバラダ門」はみごとに多層的な構造を持つことになった。物語の混乱が読者の混乱とはならないのが即ちもの書きとしてのヴェテランの技である。彼の表現手法の基礎となっているフリージャズのスタイルや、落語の語り口や、SFの飛躍を、多くのエッセイを書くことでさらに彼自身が培ってきたその成果、それがここにある。彼の演奏を聞く時のようにその奔逸する流れに身をまかせて読みさえすればよい。ラスト近くの門前セッションにまでたどりつけば、あなたはもう脳天壊了（ノオテンハイラ）であります。

で、あなたはこれからこの作品を初めて読むのか。おお。なんとしあわせな人なのだろうか。

平成五年八月

（山下洋輔『ドバラダ門』新潮文庫解説）

新潮文庫版「ドバラダ門」に解説を書いてからもうどれくらいになるだろうか。時間の経過は靄のように薄ぼんやりと流れてしまい正確な時間経過をあれから四半世紀であると教えてもらってもそうか、もうそんなに経つのかあはははと力なく笑うだけだ。以前の解説を読み返しても自分の力を出し切った文章であるらしいと感じるだけであり本文そのものの内容も忘れているしこの大長篇を読み返す根気もない。さらには新たな文庫の担当者が山下洋輔や小生の昔からの愛読者であるだけに思いきり前のめりで熱烈に「機が熟した」だの「不思議な重力」だの「身体のうちに滑走路が生まれた」だの「何かが大きな風と共に」だのといった過剰な言葉で依頼されては現在のおのれの力量を上回るものを書かねばならぬ重圧とそれに伴う脱力感で書く前からああ疲れた。

ここでこの解説で書かねばならぬことはもうわかっている。「ドバラダ門」の後日談である。担当者からは写真だの資料だのを戴いている。山下洋輔本人からも、逢う度に各地刑務所の現状やその取壊し跡の状態を見てきたことや保存に奔走したことや奈良少年刑務所でピアノのコンサートを開いたことやその保存会の会長になったことやホテルとして再利用されることなどを聞かされていて、その度に凄いなあ、よくやるなあと感心したものだったが、戴いた資料をもとにしてそれを詳細に書くなどのことは作家としての小生の任ではあるまいとも思うしそもそも矜持が許さぬのである。これはやはりご本人に書いていただくべきものであろう。

しかし本来ならそんな我儘を言えた義理ではないのである。彼と逢って以来約半世紀、どれだけ世話になったことだろう。「ジャズ大名」をはじめ「美藝公」のテーマ「活動写真」だの「歌と饒舌の戦記」の挿入歌などの作曲を助けてもらっているし、たかだかここ何年、十何年かを振り返っても「フリン伝習録」の作曲を手伝ってもらい、それをジャズ・コンサートにしてもらい、「ダンシング・ヴァニティ」をコンサートのテーマにしてもらい、最近では小説「漸然山脈」のテーマ曲「ラ・シュビドゥンドゥン」の作曲を手伝ってもらった上に自分で歌うその曲のピアノ伴奏をしてもらってＹｏｕＴｕｂｅに投稿するなど、さんざ甘え切った所行をしている始末だ。いみじくもツイッターでは、歌うおれを見る山下氏を「保護者の目線だ」と誰かが書いたりしている。おれはこの画面を「ライムライト」におけるチャップリンとキートンの共演場面になぞらえて悦に入っていたのだが他の人の眼には当然のことながらそんな互角の共演ではなかったのである。

わが人生、もし山下洋輔がいなかったらどんなに寂しかったことか。彼がいればこその多くのジャズマンとのつきあいであったし、多くのジャズシーンにも立ち会うことができたし、そもそもが彼自身の芸術活動や日常における言動からどれだけ多くのことを得たことであろう。何よりもその天性の明るさこそが彼を稀有のリーダーたらしめたのであり、まさに山下洋輔文化圏を形成させたのだ。驚くべきことに彼はどのような不幸が襲いかかろうと、どんな困難な事態が身のまわりで起ろうと、いつも明るく笑っているのだ。「彼はいつも笑っていた」というタイトルで彼の伝記を書きたいくらいのものであるが、おれ自身も立ち会ったりすることがあったそのひとつひとつのエピソードも今や靄のように薄ぼんやりと過去の時間の中へ溶け込んでしまっている。だが、さいわいにも彼はそうしたさまざまな事件を秀逸なエッセイとして残してくれているから、読み返しさえすれば老いぼれた情緒不安定の頭にいつでもその時どきを思い起すことができるのはとても有難いことなのである。

山下洋輔にはいつまでも生きていてほしいものだ。おれの死後もいつまでもいつまでも何年も何年も生き続けていてほしい。そしておれの葬式には賑やかにジャズの演奏を。

平成二十九年十月十五日

（山下洋輔『ドバラダ門』朝日文庫解説２０１７年12月）

山下洋輔『スパークリング・メモリーズ』

力強さはそのままで老練さを加えた、これは山下洋輔の七十歳記念アルバムである。ソロピアノなら気随気儘、勝手自在に演奏していいのだから楽だろうと思うかもしれないがさにあらず。そこにこそ創作執筆との類似性があり、緊張感を持続し続けたままで誰に転嫁することもできない孤独な自分との戦いがある。だからこそ今回の、ライナーノーツのために送ってもらった彼のソロピアノのCDからは、現在新聞連載中のわが苦闘に対する励ましを聞き、心の和みを得たのだ。

「アイル・リメンバー・エイプリル（四月の思い出）」は最近のソロピアノのコンサートでは必ず最初に演奏される曲で、実に懐かしい曲だ。小学生時代に見た、なんとアボット・コステロ「凸凹カウボーイの巻」の主題歌なのだ。われわれの世代ならジョージ・シアリングの演奏でお馴染だ。山下洋輔のソロピアノは、おれが最近小説でよくやるような、ある気に入ったフレーズを何度か繰り返したり、途中から勝手な展開で登場人物が本筋に関係のない長広舌をえんえん振るったりするというのに似た「伸縮奏法」を使っている。

「やわらぎ」は奈良の「やわらぎ会館」に贈られた曲で、洋輔ファンにはお馴染の、五七五七七の和歌のリズムが出てくる。彼のソロというのは過去の技法の蓄積から何でも引っぱり出してくる機知が特徴で、そこが古くからのファンにはたまらないところ。ここでは突然七拍子が強調されて最後は凄いアドリブとなり客を熱狂させるという、ちっとも「やわらぎ」ではおさまらない曲なのである。

「ディア・M」はどうやら同じ事務所所属の作曲家・挾間美帆に捧げられたものらしい。洋輔との共作なども多く、ここでも彼女作曲の「ディア・U」に出てくる印象的なメロディが最後のパートで登場する。なんだかスゥイング・ジャズ時代のバラードを聴いているような静かで洒落た心和む曲だ。

三・一一の大震災の時、山下洋輔はヴェトナムのハノイにいた。現地オーケストラとの共演だったのだが、すぐにそれをチャリティ・コンサートにして日本に寄付をしてくれたので、そのお礼の意味を籠めてこの「さくらさくら」を弾いたのだが、昔ニューヨーク・トリオでやったアレンジとは異り、ぐっと原曲に近くなっている。クラシックの「パッサカリア」の手法を応用するなど、ここでも彼のさまざまな技法が冴え渡っている。

「オンリー・ルック・アット・ユー」は、六十歳の洋輔が「もう若くないのだから若く美しい生き物を見ても見ているだけにしましょう」というメッセージを籠めて作曲したもので、メロディが美しくクリアだから誰かがポップスとして歌ったら大流行するのではあるまいか。「見ているだけ」であるにしろ恋することは必要であり、だからこそこんな美しい曲になったのだとおれには断言できるのである。

XUXU（シュシュ）というのは、おれの「ダンシング・ヴァニティ」を山下洋輔がコンサートでやってくれた折にも出演してくれた女声コーラス・グループだが、洋輔が彼女たちと共演した折、リクエストされてマスターしたのが「プロムナード〜キエフの大門」である。ご存知テレビの「ナニコレ珍百景」のテーマだが、山下君の編成するスペシャルビッグバンドでもレパートリーになっている。

中山晋平はなぜかジャズマンにとって魅力的な存在であるらしい。アーサー・キットは「証城寺の狸囃子」を「おなかのすいた洗い熊」として歌っているし、山下洋輔もまた、「砂山」と「兎のダンス」をレパートリーにしている。だいたいこの人の童謡はリズミカルでモダンなものが多いし、流行歌も「東京行進曲」「銀座の柳」「天竜下れば」など洒落た曲が多いのである。山下洋輔は「シャボン玉」を、「ベースラインを思いついた時にしめたと思ってやった」と語っている。次は「鞠と殿様」など如何であろうか。

「メモリー・イズ・ア・ファニー・シング」はアメリカ女性のメル友がこのタイトル通りの言葉を書いてきたのに反応して作曲されたそうだ。このバラード、特に三拍子の部分は美しく懐かしく、すばらしい。

山下洋輔の猫好きは有名だ。飼っている三匹の猫にそれぞれピアノの上を走らせて楽譜にするなどということもやっている。いちばん気難しい長老のあーちゃんが最近亡くなったのは残念だが、この「トリプル・キャッツ」はトリプル時代の三匹が戯れている情景をヒントにしたもの。途中猫たちが昼寝をし、ルロイ・アンダーソンの「ワルチング・キャット」のメロディで目を醒まします。

カタロニア民謡「鳥の歌」は山下君が現地コスタ・ブラバの教会でやる音楽フェスティ

バルに招かれ毎年ソロをやっていたのだが、ある時満月の下、皆で酔っ払って素っ裸で海で泳いだあと、焚火で鰯を焼きワインを飲んでいたら、子供たちが自然に歌い出して聞かせてくれたという曲。誰よりも自信を持って弾くことができると本人が言うほどの力強さに満ちた曲である。

（山下洋輔CD『スパークリング・メモリーズ』ライナーノーツ2012年11月）

CMソングの女王様

CMソングの女王様、天地総子の大全集がCDになる。快挙である。お祝いを申し上げる。

天地総子とのつきあいは36年前、NET『23時ショー』の司会を一緒にやってからである。ナマ放送だったが、深夜に終ってから何度もあちこちのクラブへ遊びに行ったものである。その後もわが処女戯曲『スタア』の主題曲「銀色の真昼」を歌ってくれたり、お互いの舞台を見に行ったり、電話で話したり、彼女の芸能生活30周年を記念したリサイタル『FUKO30』のプログラムに祝辞を書かされたりと、何やかやおつきあいは続いていた。

先日ぶらりとわが家に立ち寄った彼女は、あいかわらず美しかった。今でも飛んだり跳ねたりの舞台を続けているというから、歳をとるにつれて舞台に恐ろしさを感じるようになって最近は出演依頼を断り続けている我が身を顧みて、感嘆しきりであった。今やCMソングが2000曲以上に及ぶなどと聞くと、うわ、と、思わずのけぞる気分である。

知っているCMソングは「パンシロンの歌」「日石灯油だもんネ」など、数え切れないが、若い人は大半、知るまいね。でも「アート引越しセンター」なら知っているだろう。この間わが家で口ずさんでくれたが、あいかわらず張りのあるいい声だった。またどこかピアノのあるクラブでボサ・ノヴァなど歌ってほしいものだ。

（CD「天地総子大全　フーコのコマソン・パラダイス」ライナーノーツ2007年9月）

野田秀樹に脱帽

もっと早くから野田秀樹の芝居を見ていればよかった。ちょうど作家として最多忙の時期だったので、わが作品「走る取的」を上演してくれた折にも見に行っていないのだ。新宿の地図を描いた壁面に駆けあがってその地図の道路上を走るという凄いものだったらしく、今になって切実に見たいものだと思う。

初めて見たのは「贋作・罪と罰」だった。そのスピード感に驚いた。脱臼された「罪と罰」だ、と、最初は思ったが。今では完全にポストモダン化された「罪と罰」だと思う。「毟りあい」を芝居に、という話があったとき、あんな五十枚ほどの作品が一本の芝居になるのかという危惧があった。まして野田秀樹のあのスピード感を維持したままでやるわけだ。そして実際「THE BEE」は五十分ほどの芝居になった。芝居は長さじゃないということを思い知らされた。あれ以上長くては駄目だったろう。それというのも芝居にしろドラマにしろ、わが作品は脚本家の手によって余計なものがいっぱいつけ加えられてだらだらとしたものになることが多かったからである。原作にはない蜂を出したのもよかった。「毟りあい」を書いた頃は主にマスコミ批判をやっていて、これも最初はマスコミ批判だが、途中から報復の応酬になって最後は自壊、そして破滅に到る。芝居では「TH

E BEE」という象徴的なタイトルに感心した。まさに蜂のひと刺し。報復は多く自滅に到るからだ。芝居の外題《げだい》が「毟りあい」ではどうもね。

キャサリン・ハンターが主人公をやった英語版では野田の女役でニュートラルな効果が生まれたが、野田が主役をやった日本語版も捨て難い。両方見られる日本人は幸せだ。

ニューヨーク公演の大成功があり、紹介には常に「原作・筒井康隆」と載るのだが、残念ながら原作はあまり読まれていないらしくて本も売れていない。新潮文庫「傾いた世界」に収録されていることをお伝えしておく。

（悲劇喜劇2012年5月号）

ひたすら笑いだけを追いかける笑いの実践者
――髙平哲郎『スラップスティック・ジャム――変人よ我に返れ』

カート・ヴォネガットの長篇「スラップスティック」は、断章の形式で書かれている。断章のかたちでしか表現できないものがあるという作者の主張によるものであろうが、本書「スラップスティック・ジャム――変人よ我に返れ」もまた、断章や短いエッセイの形式で書かれている。本書のテーマは笑いであり、なるほど笑いというものは断章や短文のかたちでしか書けないものなのだろうなあと、読んでいくうちに納得させられてしまうのだ。だいたい「笑い」とは何かを本格的に考察し論じるということは可能なのか。ベルグソンが論じている「笑い」は笑いの本質に少しでも近づいているのだろうか。例えば笑いにはこういうものがあると箇条書きにして論じるようなことが「笑い」を論じたことになるのだろうか。これは新たな笑いを模索している者の眼には笑いの豊かな可能性を封じ込めているように見えるのだが、実際にそのような理屈や理論が、今までになかった種類の笑いを発見する上で害になることはないのだろうか。

と、いったようなことを本書の文章は教えてくれ、考えさせてくれたりもするのだが、それをまた解説で論じるというのもまた至難のわざである。したがって解説者たる小生もまた、この解説とも言えぬものを断章として書いていかざるを得ないのである。なぜなら小生もまた、笑いを論じる人間ではなく、笑いを実践する者のひとりだからなのだ。

●

筆者髙平哲郎は長年笑いを追いかけてきた人物で、過去の笑いの現場の多くに彼の名が記されている。ただ論じるのではなく、実践する人でもあるのだが、それは彼がお笑いタレントだからではない。小生が朗読会をやった時、彼は演出をしてくれたのだったが、例えば「そこはもっと間をおいた方がいい」と彼が言ったとすると、その通りにすれば客の笑いは倍になったのである。彼の場合はそうした意味での笑いの実践なのだ。

●

本書では、チャップリン「街の灯」に対する評価が次第に変わっていくのが面白い。ここでは特に彼と小生との感受性の方向の異なりが顕著である。髙平哲郎は最初チャップリンのペーソスがどうにも嫌いだったようだ。小生はどうかと言えば、ひたすらギャグばかりを記憶し反芻していて、あの最後のペーソスなど問題じゃなかったのであり、だからチャップリン嫌いにはならず、評価を改めたりすることもなかったのだが、この辺にドタバタや喜劇映画にも正統性を求める批評眼の有無による髙平氏と小生との違いがある。

●

本書で髙平氏は実に難しいことをやろうと試みている。ギャグの描写だ。実は小生もその初期によく書いていたスラップスティックの原典や元ネタはたいていい昔のドタバタ喜劇映画なのだが、しかしああしたドタバタを小説で表現することは実に難しい。こまかく書けばなんとか忠実に再現できるものの、それでは文章がだらだらと長くなり、ドタバタに必要不可欠なスピード感がまるで失われてしまい、笑いに結びつかない。そのようにして文章から無駄を省く訓練をしてきた経験から本書を読むと、髙平氏の苦労は身にしみて理解できるのだ。彼があるギャグを説明しようとしている。こっちはそのギャグを知っている。あっ。髙平さん、そのギャグは書き方が難しくてとても表現できませんよ。ぼくもできなかったんですよ、ああ、とても書けないなあなどと思っていると、彼はそれをなんとかやり遂げてこちらをほっとさせてくれたりもすれば、案の定「これは書いてもどうせわかるまい」と途中で投げだしてしまったりもする。このあたりは小生にはとてもよくわかるし、共感できるのである。

●

笑いに関する似たような脳内作業をしているためか本書は思いがけずいろいろなことを教えてくれる。「ペニスに命中」(「新潮」二〇一四年一月号・のち『世界はゴ冗談』所収)に登場する老紳士のモデルは、なんとウッドペッカーであった。しかし本書にはウッドペッカーなど一度も出てこないのだ。実に不思議なことだ。

●

差別的な笑いが髙平さんはお好きなようである。差別的な笑いかどうかはわからないのだが、こんな短篇映画があった。建築現場で上から勢いよくケージが落ちてくる。その下にいた男が地面にめり込む。ここで役者が替わり、ケージがあがると地面から出てきたのはコビトだ。彼はけんめいに自分の足を伸ばそうとする。

●

長いこと髙平さんにご無沙汰していた時期があった。そんな時でもタモリや山下洋輔経由で彼の情報は入ってきた。なんでも和田アキ子と飲んでいて、彼女の性感帯だという噂のある耳たぶに息を吹きかけたところ、指の骨を折られたというのであった。

●

なんといっても羨ましいのは、髙平哲郎が東京にいて、さまざまな軽演劇を見てきているることだ。小生は大阪育ちだから、ほとんどすべての笑いは映画から仕込んだものばかりである。ほんの時おり、東京からやってきたロッパ、エノケン、森川信、シミキン、堺駿二、岸田一夫、地元のエンタツ・アチャコなどの舞台を大劇や梅田映画劇場（北野劇場は米軍に接収されていた）で見た程度。優位を誇れるのは歳上だから古い映画をより多くリアルタイムで見ていることとくらいだ。

作家になり、東京へ出てきてからも、忙しさで芝居を見に行く暇はなかったし、第一、軽演劇を今、どこへ行ったら見られるのかも知らなかったのだ。浅草とも無縁だった。最近になってくるとテレビのお笑い番組のつまらなさによって興味を失い、クレージー・キャッツ、モンティ・パイソン、ザ・ドリフターズまでしか追いかけていない。それでも映画だけはピーター・セラーズ、ウディ・アレンを初期から追いかけたが、ピーター・セラーズ今は亡く、テレビでウディ・アレンの新作と三谷幸喜の芝居や映画を追いかけているだけだ。と言ってもそれとて二、三年前の作品ばかりなのだが。

本書で髙平氏はわが処女長篇「48億の妄想」のことを書いてくれている。五十年前の作品だ。ながいこと絶版だったが、今度、出版芸術社が本にしてくれることになった。ゲラで読み返したが、実に面白い。こういうドタバタはもう書けないだろうとも思う。●

昔のスラップスティックの短篇映画を見ていると、ドタバタの度をはるかに超えてついには悪夢に近いものになってくる。これが小生が理想とするドタバタのひとつの極限だ。短篇「トラブル」は少しでもその理想に近づいているだろうか。●

日常生活者としての髙平哲郎は照れ屋である。褒められて照れる、といった照れ屋ではない。シリアスな涙に照れてしまうのだ。小生と山下洋輔が映画「砂の器」の例の泣かせる場面について語っていると、髙平さんはその場面をパロディの方向へ持っていこうとし「だから本ものを見ても笑ってしまうのだ」と結論づける。彼のチャップリン嫌い、ペーソス嫌いの原因もこの辺にあるのだろう。後年、彼は淀川長治にチャップリン嫌いを直された、「街の灯」をもう一度見てぼくも泣いた、と照れないで書いているのだが、ぼくが「街の灯」を見た時とは違い、これは笑いと涙が分離された状態だったのだろう。それならローレル＆ハーディの長篇映画を見た時の小生も何度か体験している。彼らは泣かせるのも実にうまい。●

ひたすら笑いだけを追求している髙平氏はあくまで本物である。小生は笑いの鑑定士として本物の髙平哲郎を、信じてやまない。

（髙平哲郎『スラップスティック・ジャム――変人よ我に返れ』ヨシモトブックス解説２０１４年11月）

小國英雄のシナリオ

シナリオライターという肩書きの人物が、一般的に、どれほど映画そのものに関与しているのか、小生にはわからない。ひとつひとつの映画の制作過程が記録として残っているのであればわかるのだろうが、たとえそういうものがあったとしてもそれは一部の映画に限られている。あとは座談放談の類いでしか窺い知ることができない。そんな中でシナリオライターとして名をなすというのは大変なことであろうと、いささか映画に関わった人間として想像することだけはできる。

例えば小生が見ている小國脚本のいちばん古いものは「エノケンの法界坊」だが、これはもともと歌舞伎の演目だし、エノケン一座で大当りした芝居だから、ストーリーやギャグに関してはシナリオの自由がずいぶん制限された映画であったろう。監督の斎藤寅次郎のアイディアもあればジャズソングを替え歌にした歌詞だって決っている。ただ、他のエノケン映画よりはあきらかに面白く、小生を含めてだがこれをエノケン映画の最高傑作とする人も多い。

小生が見た次に古い作品は「水戸黄門漫遊記」だ。エンタツ・アチャコ主演だからあちこちに漫才が入る。これとてエンタツ・アチャコの持ちネタが多く、例えば次のようなやりとりだ。
アチャコ「わしな、今度、貰うてん」
エンタツ「貰うたんか。そらよかった」
アチャコ「ああ。貰うたんや」
エンタツ「それで、何を貰うたんや」
アチャコ「ナナ、何」
エンタツ「いや、何を貰うたんや。カマボコか」
アチャコ「カカ、かまぼこ。あのな、男が貰うた言うたら、嫁はんに決ってるやないか」
エンタツ「何。嫁はん貰うたんか」
アチャコ「そうやがな」
エンタツ「それで、何人貰うてん」
アチャコ「三十六人……何言うてるねん。一人に決ってるやないか」
無論このような漫才の才能はいくら何でも小國英雄にはなかったであろう。そしてこのように「それはいつの話や」「三百五十六年前……」といったギャグはエンタツ・アチャコが特によく使うネタであった。このような喜劇ではなく一般にどんな映画でも、監督によって科白が変えられたりシーンが丸ごとなくなったりということは極めて常識的に行われているし、主演者が勝手に科白を変えたりもする。そんな中でシナリオライターの独自性を出し、面白くしようとするのは至難の技と言っていいだろう。シナリオライターが常に口にする、いい脚本が他のスタッフや主役によって滅茶苦茶にされたという愚痴は、小國英雄のように三百本以上の脚本を書き、その映画のいずれもが面白いというライターには当て嵌らない。

小生、喜劇が好きで恋愛ものが嫌い。そんな小生が見た三番目に古い小國脚本の映画は「ロッパの大久保彦左衛門」で、ロッパの最高傑作は「男の花道」という人が多い中で、小生これがロッパの喜劇映画としてはトップだと思っている。しかもこのあとで「男の花道」の脚本も小國は書いているのだ。そしてまた小生の見た四番目に古い小國脚本の映画こそがエンタツ・アチャコ主演映画の最高傑作とも言える「エンタツ・アチャコの新婚お化け屋敷」であり、このようにその時代のトップレベルの喜劇役者の最高傑作をすべて書いたという小國英雄の力量は五十本目くらいになるであろうこのあたりですでに証明されているようなものだ。

次に来る五番目が、小林信彦がエノケン映画の最高傑作として絶讃の「エノケンの頑張り戦術」である。これも小生、「法界坊」に次ぐ傑作として認めるにやぶさかではない。六番目が「エンタツ・アチャコ・虎造の初笑い国定忠治」であり、この辺りから小生の中での小國英雄傑作群はシリアスな方向へ向かう。つまりはロッパと長谷川一夫共演の「家光と彦左」であり「男の花道」であり、小國脚本の七十本目あたりになると思うが「阿片戦争」である。こうしたシリアスな作品は主にビデオが出始めてから見たものが多いし、「阿片戦争」はリアルタイムで見ているものの、女中のお静に無理やり連れていかれて見たものだ。

ついでのことに、小生が見ている後続の小國脚本の映画をタイトルのみ列挙すればこうなる。「或る夜の殿様」「聟入り豪華船」「四つの恋の物語・第二話」「新馬鹿時代・前後篇」「幽霊暁に死す」「幽霊列車」「海賊船」「おかる勘平」「生きる」このあたりで小國脚本は百本目くらいになるだろうか。あとは続続とこの調子で面白い脚本を書いていく。それらのすべてが傑作であるというつもりはない。しかし傑作でこそなくとも話題を呼び、多くの観客を集めたことは確かだ。そして映画の製作者にしてみれば、一定以上の面白さが保証された小國英雄の脚本を望むのは当然と言えただろう。その結果、日本一脚本料の高額な脚本家として名を為すに至るのであり、一説には百万円で住宅が一軒買えた時代に、一本の脚本料が五十万円であったという。それがいつ頃の話なのかよくわからないが、確かに大変な金額であったのだろう。

多く喜劇ばかりを見てきた小生にとって、小國英雄作品の文学性を云云する資格はあまりないし、映画の中の文学性を追究し出すとそれが誰の功績なのかという議論にもなり兼ねないからやめておくが、そもそもエンターテインメントと文学性の境界にあまり重きを置いていない小生のような作家にとっては、一定の面白さ、一定の話題性、一定の集客が保証されていたという小國英雄の価値を映画界の巨人の一人として大いに認めるものだ。つまりこれは小生の「文学性のない作家に、一定の面白さを保証された娯楽作品の連発は不可能である。ということは、そんな作家は量産に価値のある真のエンターテインメントの作家にはなり得ないのだ」という主張にも沿っているのである。

（小國英雄『昨日消えた男』ワイズ出版解説２０１４年３月）

映画『美しい星』に思う

この映画を見ようとする時、小生は祈るような気分だった。原作である三島由紀夫の小説「美しい星」が発表された時の、ＳＦ界からの嗷嗷《ごうごう》たる非難が耳に甦った。それはまさに反ＳＦとしてのこの作品が作家とファンを問わずそのセンス・オブ・ワンダーを志向する精神に打撃を与えたからであったろう。逆にこの作品の志向するところを高く評価したのは小生くらいのものであったろう。一方では原作が書かれた当時の文壇からは反文学としてのこの作品を批判する声もまた多く、余所事ながら身の置き所がない思いに捕われたことも思い出し、それはあの嫌な体験が甦ることのないようにという祈りでもあったのだろうか。

結果は杞憂であったようだ。冷戦時代の核による不安と滅亡の危機は、地球温暖化による破滅の危機へと巧みに移し替えられ、原作の、白鳥座六十一番星から来たという、地球の滅亡を望む三人組は、ひとりの議員秘書に凝縮させられて、それこそがこの原作の山場と言える論争場面は、テレビ・スタジオにおける父親と息子と議員秘書との論争に結実している。ディスカッション小説だと言われた原作の長所は、映画においてまさにこの白熱した場面に最大の盛りあがりを見せているのだ。

それにしてもなんという繊細な映画であろう。文学性と娯楽性のぎりぎりの狭間で緊張感は保たれている。母親を木星人ではなくただの地球人にしたところにも工夫があり、娘があくまでも美しく描写されているのも成功だ。それゆえに最後の場面は、現代ＳＦだからこそ、現代文学だからこそ可能な、原作にはない「救い」があり、観客の心は癒されるのである。

（映画『美しい星』パンフレット２０１７年５月）

ミステリーの幕があがる

高校時代、推理小説雑誌の「宝石」（現在廃刊）が時おり別冊を出していて、これには翻訳物の長篇三作品が収録されていた。この別冊でアガサ・クリスティの特集があり、僕が「そして誰もいなくなった」を初めて読んだのはこの時である。不可能性を追求した大傑作であり、この手の作品を今まで知らなかったから驚いた。トリックばかりを売りにした通常の推理小説になんとなく物足りなさを覚えていたのだが、この作品でぼくはやっと、ミステリーにぼくが切実に求めていた文字通りのミステリアスな雰囲気を満喫できたのだった。その感激たるや、他の二作品が何であったかをすっかり忘れてしまうほどのものだった。

作家になってから、あの感動とテクニックの秘密を知りたくなってもう一度だけ読み返した。その折、これがクリスティ自身の手によって戯曲化もされていると知ったのだったが、そのときはまさか、自分がその劇の主役を演じようとは夢にも思っていない。

主役のウォーグレイヴ判事の役をやってくれと言われた時は吃驚した。小説を初めて読んだ時から五十年も経っていた。戯曲を読んだのはこの時が初めてだったが、最後をどうするのかずっと疑問に思っていた。やはりクリスティは戯曲向きにラストを変えていた。

巧みな変え方だったと思ったが、やはり原作の完成度には及ばない。それでもウォーグレイヴを演じられるとあっては断れない。演出が山田和也であるというのも魅力だった。しかしこれほどの作品、たいていの人が知っているのではないかと思っていたのだが、初演の時の観客の反応から、意外にもほとんどの人がストーリィを知らないのだと気づき、なんということだ、こんな傑作を知らないとはと叫びたい気分だった。

初日を迎えた日、幕があがり、舞台の袖で出を待つぼくの気持は高揚していた。稽古期間が短かったので、いちばん科白の多い判事役でもあり、最後の見せ場の大芝居もあり、ドキドキ感は激しかったが、さいわいにも無事に演じ切れた。カーテンコールが終った時の充実感は忘れられない。

(IN・POCKET2015年8月号)

「そして誰もいなくなった事件」

あまりにも名作なのでこの作品をあげる人は多いと思うし、小生自身この作品への偏愛を何度も書いているので今更とも思うが、何しろ小生、主人公ウォーグレイヴ判事の役を舞台でやっているので偏愛は当然ということにして戴き、お許し願いたい。

《別冊宝石》に掲載されたこの作品を読んだのは中学時代だったと記憶しているのが、以来クリスティの虜になったこと、二〇〇〇年の六月から七月にかけて東京アートスフィアで公演したこと、演出が山田和也、共演が藤谷美紀、天宮良であったことなどもすでに書いたと思うから割愛する。あれはまったく夢のような至福の時間であったとだけ書いておこう。だが次の事件のことはまだ書いていないと思うので、ここで書かせて戴く。

この公演のさなか、舞台稽古の際に取材に来ていた《FOCUS》が、終幕近くの写真を掲載したことで、なんと結末が明かされてしまったのである。普段から付き合いのある新潮社が出している雑誌だけにおれは腹を立て、さっそく編集長宛に脅迫まがいの手紙を書いた。「ミステリーをたくさん出版している筈の新潮社ともあろうものが結末をばらしてどうする。この上は貴社から出ているあらゆるミステリーの結末や犯人をすべて書かせてもらうが、それでもよろしいか」

編集長からは早速丁重なお詫びの手紙が届いたが、すでに発売されてしまっているのだからどうしようもなく、腹立ちだけが残った。

クリスティがらみで言えば、その後同じ山田和也演出で二〇〇二年の九月から十月にかけてル テアトル銀座と大阪近鉄劇場で、麻実れい、古谷一行主演の「検察側の証人」に裁判長の役で出演し、むしろこっちの演技の方が高い評価を得たものだ。この作品は原作よりもむしろビリー・ワイルダーの映画「情婦」によって昔から親しみを感じていたので、脇役ながら出演依頼が来た時には大喜びしたものである。蛇足ながら、「情婦」で主演したチャールズ・ロートンと、付き添いの看護婦役をやったエルザ・ランチェスターは実際にも夫婦であったそうな。

（ミステリマガジン2017年3月号）

時をかけるエーコ

私より二歳年上のウンベルト・エーコはこの自伝的小説『女王ロアーナ、神秘の炎』の主人公ヤンボと同じく、そして私と同じく日本の同盟国だったイタリアで戦争と敗戦を体験していて、彼ら即ちエーコとヤンボが見聞きした多くの大衆文化も私と共通だ。のっけからジャンルを問わぬ多数の懐かしい書物名の頻出に驚くが、読み終えてみれば想像した通りこれは本についての本、小説や漫画や映画など虚構についての虚構だった。

アメリカの新聞の日曜版に掲載されていた多色刷りの漫画ディック・トレイシーやリル・アブナーも、私の場合はサッド・サックやナンシーにより惹かれたのだがずいぶん愛読したものだ。その他ポスター、挿絵、装幀など当時のあらゆる図版がフルカラーで贅沢に満載され懐かしさと展開に奉仕している。

複数のテーマ、いくつかのモチーフの中に記憶を覆い隠すものとしての「霧」が含まれているのも嬉しかった。まさに今書いているこちらは歴史を覆い隠すものとしての「蒙霧升降」という作品とのセレンディピティなのである。神学のくだりも書いたばかりの長篇のテーマに重なって好ましく懐かしい。事故によって「失われた時を求める」古書店主の主人公の記憶が、その顔を思い出せない青春時代の恋人リラとのエピソードを頂点に切なさを加える。横書きであり、文章は現実と記憶と虚構のあれこれが重複して書かれているため甚だ読みにくいが、そこにこそこの世界の深淵がありこの作品宇宙のただならぬ凄味と最後のクライマックスの感動がある。

（図書２０１８年５月号）

大らかで根源的な笑い

ペルーの、主にリマという享楽的な街の歴史を中心に展開し語られる本書は、宗教者にとって間違いなく冒瀆的な悪書である。ほのかにストーリィ展開も見え隠れするが、しかしこれは幻想文学ではなく、あくまで表面は歴史書なのだ。その装いの中で作者はこれを文学として読む読者に大らかな笑いを提供してくれる。リマの聖職者たちへの遠慮もあってか、その笑いはあくまで歴史的事実としてのみ描かれているのだが、逆に言えばこれが長年かかって作者の調べあげた事実であることにも驚かされる。

厳しい宗教上の掟による抑圧で、宗教者であったりそれを騙ったりする多くの人間たちが淫欲に溺れてゆく。禁欲の中で肉欲が燃えあがり、あまりの欲望ゆえに時には早漏気味の盛大な射精に至る聖職者たち。それらはまさに禁忌であるが故にこそ、あまりにも快美なのだ。異端審問官とて、夢魔や悪魔や聖職者たちと寝たという女を尋問する際の、全裸の彼女たちの陰部をいじりまわしたりもした上での、その供述を大いに楽しんでいる。一方女たちは、王室の役人や執行官や商人よりも、告解という宗教的行為をきっかけにして騎士や闘牛士も敵わないほどイエズス会やドミニコ会の修道士に血道をあげる。「空飛ぶイネス」のような女性の狂信者がしばしばイエス・キリストとの情事などを競って語るのも、夢での飛翔と同じく性的昂揚を示す空中浮揚も、信仰がしばしば性的情熱に結びつくことを示している。だから時おり聖女たちの前に出現するイエス・キリストや悪魔たちはまるで子供っぽく、可愛らしく見えてしまうのだ。そして「高徳の誉れ」の章では、死後も勃起し続けるペニスによって、もはや神の仕業と悪魔の仕業の区別さえつかなくなってしまう。「不道徳な夢想家――にせ王子の妄想」は、わが二つの短篇「郵性省」「科学探偵帆村」に酷似した話で驚かされる。この種の笑いはどうやら万国共通のようだ。

異端者と看做されなかった者を単なる愚者とするなど、審問官たちの自己満足にはしばしば笑わされるのだが、それにしても人間とはなんと哀れで滑稽なものであろう。読み終えてつくづく悟るのはその愚かさだ。この愚かさによる笑いは、実に大らかで根源的であり、それこそが文学としての本書の価値であろう。特に各章の結びの一、二行、たいていは笑いに結びつくその一、二行の切れ味は秀逸という他ない。

（フェルナンド・イワサキ『ペルーの異端審問』巻頭言2016年7月）

ブノワ・デュトゥールトゥル『幼女と煙草』

喫煙が不条理文学のテーマになり得るなど、過去の誰が思ったことだろう。小説「最後の喫煙者」や「空中喫煙者」の作者としては嫌煙権運動ほど小説に新たな題材を与えた現象はないと思う。政治をバックにした禁煙ファシズムは恐怖小説の格好のシチュエーションとなった。喫煙者の受難はエンターテインメントに迫力をもたらした。

この『幼女と煙草』（赤星絵理訳）にはそれらのすべての要素が盛られている。さらに後半は過保護に関して、わが国でも問題になっている猥褻行為の冤罪に関して、テロリズムに関して、テレビ番組の暴走に関して、それぞれが現代に特有である事象をみごとに描き、少し詰め込み過ぎではないかと思えるほどの過剰さが、語り口の巧みさによって迫力を二倍にも三倍にもしている。

冒頭は、ある黒人死刑囚が死刑の直前、最後の望みとして煙草を一服やりたいと言ったことから騒ぎがはじまる。法では死刑執行前の最後の一服が認められているのだが、刑務所内の規則では塀の中での喫煙を禁じているからだ。刑務所長や弁護士や市長までを巻き込んだ滑稽な騒ぎとなる。

一方、この小説の主人公は喫煙者である。行政センターに勤めていて禁煙派の市長が上司なのだが、思ったことを言葉や態度に表さずにはいられない性格が災いし、次第に窮地へ陥っていく。読者にはこのキャラクターにウディ・アレンを思い浮かべて読み進められることをおすすめしておこう。

彼は規則を破り、いつもセンター内の便所で喫煙しているのだが、ある日これをひとりの幼女に目撃されてしまう。実は市長が人気を得るためオフィス全体を託児・保育の施設とし、職員と児童の共有空間にしてしまっていたのだ。過保護の子供たちを不愉快に感じていた彼は、思わず幼女を怒鳴りつけてしまう。幼女の告げ口で彼は変質者とされ、逮捕される。もはや抗弁も、愛人や弁護士の努力もすべてむなしい。

彼は自身の名誉のため、あの黒人死刑囚同様、最後の望みとして国にとんでもない提案をする。その希望は叶えられるが、結末は不条理極まるものだ。だが全体に漂う明るい雰囲気は、あきらかにユーモラスな展開や文章によるものだろう。

この話、どこの国とも、どの時代とも書かれていないが、ほんの近未来の日本での出来事であったとしてもおかしくないリアリティを持っている。すべて日本で現在起っていたり、類似の事件があったり、将来起るであろうと予測できることばかりだからだ。

（週刊文春２００９年11月12日号）

青年の成長を描いた二作品

小学校の五年で父の蔵書の「吾輩は猫である」「坊ちゃん」を読み、豊かなユーモアですっかり味を占めたぼくは、続いて読みやすそうな順に「坑夫」「三四郎」と読み継いでいって中学二年あたりに到ったのだが、作家になってからもしばらくは「坑夫」のことを社会主義リアリズムで書かれたプロレタリア文学だったと思い込んでいて、それにしても漱石がプロレタリア文学など書くか、などと変に感じていた。その後熟読の機会があり、なるほどこれなら中産階級の青年の目から見たいわば裏返しのプロレタリア文学と言えるなどと自分を納得させたりもしたものだ。すでにどこかへ漱石唯一のプロレタリア文学などと書いてしまっていたので、敢えてそう思い込もうとしたのかもしれない。

無論この作品、社会正義もなければ社会主義的な主張もない。今回また読み返し、少年時代、青年時代にはわからなかったであろうもっと重要なことに気がついた。なんとこれはずっとぼくが提唱してきたメタフィクションであったのだ。虚構を批評する虚構、小説による小説論をメタフィクションと言うのだが、この作品は一人称で書かれていて、語り手というのが何十年か未来の主人公自身であり、それがどうやら小説家らしくて、篇中何度も小説論があったり、同時代の小説への批判があったりもする。「是《こ》れでは小説にならない。然《しか》し世の中には纏《まと》まりさうで、纏らない、云はゞ出来損ひの小説めいたことが大分ある」とか「小説になりさうで、丸で小説にならない所が、世間臭くなくつて好い心持だ」とかいう、小説的結構が脆弱な自作への言い訳めいたフレーズもあるのだ。

この語り手は随所で登場するが、主人公の青年の独白的思考なのか語り手の論評なのかわからない部分もあって、その曖昧さは極めてユーモラスである。そして十九歳の青年の言動や思考をひたすら頼りなげに、世間知らずに書いている。しかし現代人のぼくから見ればこの明治生まれの青年は、現代の青年と比べて非常にしっかりしている。強い意志を持っているし屁古垂《へこた》れることもない。現代の若者より肉体的には強健であり、余計なことをべらべら喋らない知恵も持っている。これがこの青年の成長物語であるというのは最後近くになり、安さんという坑夫の話によって世界を見る眼が変り、なんだか実存主義的な悟りを開いたように些細なことに動じなくなっていくからである。

最後はこういう文章で終る。「自分が坑夫に就《つい》ての経験は是れ丈である。さうしてみんな事実である。其《そ》の証拠には小説になつてゐないんでも分る」。無論漱石は、小説とは何をどのように書いてもいい文芸ジャンルであるということを百も承知でこう書いているのだ。そしてこれが連載された朝日新聞の読者の知的水準を高く見て、どのように書いても理解してくれるだろうという推測の下に、書きたいことを自由に書いたのである。しかしやはり難解であるという評判は周囲からあがった筈だ。そのせいなのかどうか、次に連載した「三四郎」は東大文学部に学ぶ青年が主人公でありながら難解さはなく、比較的平易に書かれている。

これを読んだ頃は青春時代のまっただ中であったせいか、恋愛の要素ばかりに心が向いて、成長物語というよりはむしろ恋愛小説だという思い込みに到ってしまった。今読み返しても、成程恋愛小説と言っても差支えない構造を持ち、時にエロティシズムも見出される。主人公三四郎が泥濘を渡ろうとする美禰子を助けて手を差し伸べ、その手に倒れ込んだ美禰子が口の中で「迷へる子《ストレイ、シープ》」と言い、その吐息を三四郎が感じるあたり、読者であった青春時代のぼくが最もエロティシズムを感じ、いつまでも記憶し続けていた部分であった。その後いわゆる良家の子女にありがちな誰を対象ともしない、言い換えれば誰にも好かれたいと願う普遍的な、所謂八方美人的な媚態を知ったのちに、ぼくはこのシーンを思い出して納得したものだ。

この小説も三人称であり、語り手は三四郎のみに寄り添って語っている。だからと言って視点が主人公の行動と思考のみであるかと言えばそうでもない。「坑夫」ほどではないが語り手の思索もまた、三四郎の思索に紛れ込ませたり、登場人物の口を借りたり、時には美禰子その他の人物の視点に移動して書かれていたり、そこいら辺は不自然さのない自由自在な巧みさで話を運んでいる。「先へ抜けた女は、此時《この》振り返つた。三四郎は自分の方を見てゐない。女は先へ行く足をぴたりと留めた」などの描写がそうである。女とは美禰子であり、ここ以外でも美禰子をただ「女は」と書き、三四郎をただ「男は」と書いている場所もある。このあたり、読んでいて美禰子と三四郎の男女としての精神的な接近を表現しているのかと思っていたが、前述の如くそうではなかったのである。

他にも、与次郎の口を借りて中央文壇の趨勢を論じる箇所がある。与次郎が大袈裟に吹き捲くっているように見えて、なかなか漱石の本音も語っているのである。「文壇は急転直下の勢で目覚しい革命を受けてゐる」などがそうだが、実際にもこの時代は、現代のわれわれがこの作品は革命的だ、とか、この作家は進歩し続けている、とか言う程度のものではなく、もっと激しい潮流の中にあったのだと思う。文語体が口語体になり古典的ロマンがリアリズムと共存していた時代であり、文学を志す者たちが取り残されまいとして自己の主張を懸命に論じていた時代であったのだろう。しかしこの作品では深く論じられることもなく、平易な物語の流れの一環として語られるだけである。

「坑夫」も「三四郎」も、ぼくにとっての成長物語だったのかもしれない。主人公たちは読者よりも一段蕩《とろ》いところがあり、時には笑われる存在だ。つまりそれまでにはなかった種類の主人公、アイロニーに満ちた現代小説の主人公なのである。この二作はその嚆矢とも言うべき作品であろう。

（『定本　漱石全集』第五巻月報２０１７年４月）

芥川龍之介『侏儒の言葉』

芥川龍之介は自身「文藝的な、余りに文藝的な」（以下「文藝的な」と略記）で書いているように、「話」らしい話のない小説を最上のものとは思わず、多くは「話」の上に成り立つ小説ばかりを書き続けた作家である。私小説全盛の時代、身辺のことばかりを書き連ねた小説へのなにがしかの批判を抱いていたのであろう作家には、話のない小説を書く気はしなかったのであろうが、こういう作家は歳をとるにつれて次第にその話の原型を書き尽してしまい、話そのものを文藝として成立させる根気も失い、同じテーマで書く気もなく、次第に箴言や断片に創作意欲を抱くようになる。芥川の小説の多くは神話的と言えるから、個人の中の限りある存在としてのその神話素を咀嚼し尽したのではあるまいかとも思われる。話らしい話のない小説を書く作家の中で芥川がいちばん認めるのはルナールなのだが、このルナールもまた「博物誌」という短文形式の詩的な作品を書いている。だから芥川が「話」と言っているのは強ち《あながち》読者の通俗的興味を掻き立てる「筋立て」のことではなく、最も純粋で詩的な作品のことだということが理解できる。

短篇の名手と言われていたビアースもまた「悪魔の辞典」という箴言集を書いた。これはほとんどがサタイア（風刺・皮肉）と言うべきもので、ビター・ビアースという異名をとった作家らしく、この辞典を読むと苦虫を噛み潰したような顔で書いているビアースの顔が浮かんでくる。ビアースはユーモアを軽蔑していたのだが、一方で芥川の「侏儒の言葉」にはむしろそのユーモアが多く含まれている。二宮尊徳や貝原益軒の故事逸事から敷衍してそれらを批判したり、同時代の作家や評論家のことを自身はへりくだりながらもあげつらう時、僅かにサタイアが匂うだけであり、晩年に書かれた「侏儒の言葉」や「文藝的な」から小生が想像できる芥川は、端正な顔にかすかな笑みを浮かべ、時おり顳顬《こめかみ》の神経をぴりぴりさせたりしながら書いているのだ。

芥川の著作のタイトルが「侏儒の言葉」なら、「悪魔の辞典」の影響で書いたわが「現代語裏辞典」（文藝春秋刊）など、さしずめ「道化の言葉」とでも言えるだろう。ギャグばかりで書かれているからであり、ひたすら作者の笑い転げている姿しか想像できない筈だ。この「裏辞典」に先立って書いた「天狗の落し文」にしても単なる断片集であり、それまで「話」を作ってきた作家が歳をとるにつれてちゃんとした小説を書く意欲をどんどん失っていくことはこれらの著作が証明している。

「侏儒の言葉」に次いで書かれた「澄江堂《ちょうこうどう》雑記」「病中雑記」「追憶」もまた断片集である。これらはいずれも短篇として小説を成立させる以前の、フラグメントと呼ばれるべきものであるが、フラグメント自体で文学が成立している作品だって数多くあるし、書いたのが芥川である以上は勿論、看過すべきものではない。「追憶」同様の書き方で書いた小生の作品には「記憶の断片」というものがある。これはずいぶん若い時に書いたものだが、その理由というのが、幼児期の記憶は歳をとるにつれて失われていくのではないかという思いがあり、その思いにせっつかれて書いたものだから、芥川の「追憶」ほど文藝的価値のあるものではない。
「侏儒の言葉」はさまざまなアフォリズムで満ちている。強烈なものでは「人生」と題して友人の石黒定一に捧げられた文の中の次の一節だ。

人生は狂人の主催に成ったオリムピック大会に似たものである。

小生もしばしば人生は冗談だと思う時がある。もちろん冗談と言ってもハッピーエンドに終る冗談もあればまことに皮肉な結末を迎える冗談もある。そう思うからこそ今でものうのうと人生を楽しんでいられるわけだが、そこのところこそが自殺で人生を終えた真面目な芥川との違いなのかもしれない。
「逆転の発想」または「発想の逆転」による文章もある。これは前記二宮尊徳や貝原益軒など偉人について書かれたものに多い。「二宮尊徳」では、その少年時代の苦労と独学ぶりについて述べられたあと、こう続く。

これはあらゆる立志譚のように――と云うのはあらゆる通俗小説のように、感激を与え易《やす》い物語である。

と、疑義を洩らし、そのあと芥川は十五歳にもならぬ自分がこれを読んだ時、尊徳ほど貧家に生まれなかったことを不仕合せの一つにさえ考えていた、というのだ。そしてそのあとの逆転の発想はこうだ。

けれどもこの立志譚は尊徳に名誉を与える代りに、当然尊徳の両親には不名誉を与える物語である。彼等は尊徳の教育に寸毫《すんごう》の便宜をも与えなかった。いや、寧ろ与えたものは障碍《しょうがい》ばかりだった位《くらい》である。これは両親たる責任上、明らかに恥辱と云わなければならぬ。しかし我々の両親や教師は無邪気にもこの事実を忘れている。

こうした発想から、芥川は子供に対する道徳教育の歪みや立志譚のご都合主義を指摘して、例えばそれを語る両親や教師の思惑からは見当違いの、十五歳の少年の感情にあたえた影響を再度、書いているのだ。

しかし十五歳に足らぬわたしは尊徳の意気に感激すると同時に、尊徳ほど貧家に生まれなかったことを不仕合せの一つにさえ考えていた。丁度鎖に繋がれた奴隷のもっと太い鎖を欲しがるように。

みごとな結びである。同じように「貝原益軒」の逸事に於てもこの発想は生かされる。詳しくは本文をお読みいただきたいが、以前は謙譲の美徳という教訓が含まれていると思っていたこの逸事の中に、芥川は、今ではもう不快さだけしか感じなくなったというのである。
一　無言に終始した益軒の侮蔑《ぶべつ》は如何《いか》に辛辣《しんらつ》を極めていたか！
二　書生の恥じるのを欣《よろこ》んだ同船の客の喝采《かっさい》は如何に俗悪を極めていたか！
三　益軒の知らぬ新時代の精神は年少の書生の放論の中にも如何に潑溂《はつらつ》と鼓動していたか！

今でこそこうした教訓話は俗情と結託して大衆に訴えかけるものだと誰でもが思っているが、芥川は作家としての逆転の発想によってこうした欺瞞を見抜いていたのだ。
一方では作家であるわれわれへの教訓めいたアフォリズムもある。

文を作らんとするものの彼自身を恥ずるのは罪悪である。彼自身を恥ずる心の上には如何なる独創の芽も生えたことはない。

小生はこれ即ち、文学的冒険を恐れる作家への戒めと受け取った。批判を恐れ、左顧《さこ》右眄《べん》して誤解されそうなことは書かない、またわけのわからぬことを書いてしまって笑われた自分を恥じるような作家はろくなものではないと言ってくれているように思えるのだ。もっと違った意味も含まれているようだが、どちらにしろ小生のような作家にとっては心強い警句である。

これと同じ「作家」という一連の、前記に続くものであきらかにルナールの影響と思える箴言もある。

百足《むかで》　ちっとは足でも歩いて見ろ。
蝶《ちょう》　ふん、ちっとは羽根でも飛んで見ろ。

自分の歌を歌うしかない作家同士の言い争いであろうか。作家の場合、自分に理解できない作品を書いて世評の高い他の作家にはともすればこう言いたくなるのであろうが、本来なら小説家たるもの、こと小説に関しては何でも理解できる筈のものである。このような、たいした作家ではない者同士の喧嘩はまことに微笑ましい。

芥川の世界観や人生論もある。「可能」と題されたアフォリズムはこうだ。

我我はしたいことの出来るものではない。只出来ることをするものである。これは我我個人ばかりではない。我我の社会も同じことである。恐らくは神も希望通りにこの世界を造ることは出来なかったであろう。

おやおや。小生にとって芥川の「河童」など、まるで神が乗り移って書かれたかのような作品と感じるのだが、これも芥川にとっては可能性の範囲内だったのか。天の一角から降ってくる着想を待つだけというのは怠惰に過ぎるものらしい。小生の場合は無意識の中から現れる着想を待つのだが、この警句はそんなことも含めてすべて必然という世界観なのだろう。その一方、出来る筈のことを出来るように努力せよと叱咤されているような気分にもさせられてしまう。同様に、いかに高尚な哲学といえど、世間知の範囲内にとどまる筈だという世界観もあらわれる。『いろは』短歌」と題された箴言をもう一度ご紹介して、この解説とも言えぬ短文を終ることにする。

我我の生活に欠くべからざる思想は或は「いろは」短歌に尽きているかも知れない。

（芥川龍之介『侏儒の言葉』文春文庫解説2014年7月）

谷崎礼讃

「春琴抄」や「蘆刈」のように作者の見聞や記録の記述で読者におやこれはノンフィクションかと思わせながら徐徐に物語の核心へと導く手法と、マゾヒズムに近い自己犠牲。「卍（まんじ）」のように思わず笑い出してしまう途方もない饒舌。また谷崎自身が封建的ロマンへの憧れを抱きながら一方ではそこから脱出しようとする対創作的心情が「蓼喰う虫」では主人公に投影されていたりする。かと思えば谷崎のユーモア感覚炸裂の「武州公秘話」における鼻が落ちた織部正の話し言葉に抱腹絶倒。「鍵」や「瘋癲老人日記」の老人性欲は若い時に読んでも早く老人になりたくなるほど蠱惑的だ。「痴人の愛」や「卍」の痴呆にまで至る情愛の強烈さ。古きよき時代の東京をたっぷりと賞翫できる「幼少時代」。滋味横溢の「陰翳礼讃」。その他すべての作品に及ぶ展開の妙。やはり谷崎は実に面白い。しかしまだ半分も読んでいないのだ。この全集で残りを読破したいものである。

（『谷崎潤一郎全集』内容見本２０１４年11月）

谷崎と映画とぼく

谷崎潤一郎との本当の出会いは、比較的遅い。勿論作品を読むまでに谷崎の偉大さはずいぶん周囲から聞かされてはいた。ただ、中学、高校当時のぼくは、小説なら外国文学それも主にミステリ系のハードボイルドやヘミングウェイなどにいかれていたし、映画はあくまで喜劇だった。学校の行き帰り、大阪駅近くには大映の大きな看板があり、そこでは京マチ子の姿態を巨大に描いた「痴人の愛」が宣伝されていた。監督の木村恵吾はなんとなくエロチックな映画の監督という認識があり、原作が谷崎であることも知っていたが、ぼくの嫌いなどろどろ、べとべとの私小説風愛欲の世界であろうと判断して見る気にはならなかった。ぼくにとって恋愛ものは退屈以外の何ものでもなかったのだ。同じ頃に谷崎はわが家で購読している毎日新聞に「少将滋幹の母」を連載していたのだが、タイトルといい挿絵といい、とても読む気を起すようなものではなかった。退屈な平安絵巻、という認識だったのだ。

大学時代もやはり、次つぎと映画化される谷崎作品をぼくはまったく見なかった。ただ何が上映されているかは知っていて、それは木暮実千代と大谷友右衛門（四代目中村雀右衛門）主演の「お国と五平」であり、この時代、谷崎作品によく出演していた京マチ子主演の「春琴物語」（春琴抄）であり、森繁久弥と山田五十鈴主演の「猫と庄造と二人のをんな」であったのだが、前述のようにいずれも愛欲を描いた文芸路線と捉え、見る気にならなかった。「猫と庄造……」の煽情的なポスターなど、ひどいものだった。

この頃、日本映画をまったく見なかったかというとそうではなく、黒澤明と市川崑の映画だけは欠かさず見ていた。学校の帰りに見た市川崑の「足にさわった女」を見て以来、当時コン・コクトオと呼ばれていたこのモダニズムの監督は、ぼくの一番のお気に入りだったのだ。この少し後には岡本喜八がお気に入りに加わることとなる。

谷崎の新刊「鍵」が評判になっていた。あちこちで書評を読み、あらすじを知り、それでも読む気にはならなかった。そして大学を卒業した後、やはり京マチ子が主演している市川崑監督の「鍵」を見て、ぼくはぶっ飛んだ。こんな面白いものだったのか！

それからはもう、夢中になって谷崎を読んだ。夢中になったといってもこの頃はちょうど黄金期に当たる戦中のアメリカＳＦがどっと輸入されてきた時期と重なっていたので、そちらの方も追いかけねばならず、勤務先の乃村工藝社は徹夜、残業が多く、なかなか手を出せなかったのだが、それでも手に入る限りのものは過去の作品といわず新刊の「瘋癲老人日記」といわず、読める限りのものはながい間かかって読んだ、と言ってもいいだろう。そしてこれは作家になってからも、そして今、この谷崎全集が出ている現在に到るまで続いている。新たな巻が出るたびに送られてくる全集のタイトルを見ると、まだまだ未読の作品が多いことを思い知らされ、谷崎の凄さを思い知らされるのだ。

作家になってだいぶ経ってからだが、伊丹十三と知りあいになり、彼は前後四度ばかり

（一度は御影の仕事場）、いつも買物籠を提げて神戸のわが家にやってきた。この少し前にぼくは彼が出演している市川崑監督の「細雪」を見ていたので、なんだか彼に憧れるような気持が強く、まるで彼が実際に谷崎作品の登場人物であるかの如く思えたことを憶えている。

このように谷崎の作品というのは読者に、ただ単に読後の感動だけではないさまざまなことを思わせてくれる。池澤夏樹は「蘆刈」が好きだったようで、新幹線に乗っていて山崎あたりで淀川を渡るとき、中州を見て「あっ、ここは『蘆刈』の舞台だ」と気づき、ずいぶん感動したことを直接ぼくにも言ったし書いてもいる。「蘆刈」は語り手と聞き手のふたりがその中州で語り合うという話なのである。

今まで読んだ中でのぼくの一番のお気に入りはというと、これはもうはっきりと「卍」であろう。こんなに複雑な話を饒舌体でもって面白おかしく語ってしまえるというのは天才としか言いようがない。その次が「武州公秘話」であろうか。グロテスクさのあまり腹をかかえて笑ってしまうという体験はこの作品を読んだ時以外にあまりない。この作品は映画にはなっていない筈だ。いい作品というのはやはり映画にはなり得ず、小説でしかその醍醐味を味わえない、といったものではないのだろうか。

（『谷崎潤一郎全集』第26巻月報）

谷崎潤一郎『陰翳礼讃・文章読本』

谷崎潤一郎の二大エッセイである「陰翳礼讃」と「文章読本」が一冊の文庫本になるのでその解説を書けということだが、昔読んだことがあるだけに、大谷崎の本の解説など、考えてみればこんな恐ろしいことはない。他に頼む人がいないということで、そんなことあるまいとは思ったものの、そこまで言ってくれるのもありがたい話なのでお引き受けいたしました。

まず「陰翳礼讃」だが、のっけからこれが書かれた昭和八年にはなかった筈の筆ペンを希求しているのにはあらためて驚いた。造りまで正確に予言しているのは、ここにも収録されている「文房具漫談」でもわかるように筆や紙へのこだわりゆえのことであろう。これは「もし東洋に西洋とは全然別箇《べっこ》の、独自の科学文明が発達していたならば、どんなにわれわれの社会の有様が今日とは違ったものになっていた」だろうかというテーマの一端で、礼讃するのは日本文化の中に見られる陰翳なのである。

「日本の建築の中で、一番風流に出来ているのは厠であるとも云えなくはない」と書いているのは別のエッセイ「厠のいろいろ」でも書かれているいわば「便所論」である。「厠のいろいろ」は桂米朝師匠の落語にも見られるような滑稽談満載であり、谷崎のユーモア感覚をお知りになりたい向きはこれから先に読まれてもよかろう。

日本女性の美については「あの、紙のように薄い乳房の附いた、板のような平べったい胸、その胸よりも一層小さくくびれている腹、何の凹凸《おうとつ》もない、真《ま》っ直《す》ぐな背筋と腰と臀《しり》の線、そう云う胴の全体が顔や手足に比べると不釣合に痩《や》せ細っていて、厚みがなく、肉体と云うよりもずんどうの棒のような感じがするが、昔の女の胴体は押しなべてああ云う風ではなかったのであろうか」と、ほとんど差別的と思えるような書きかたをした末に「美は物体にあるのではなく、物体と物体との作り出す陰翳のあや、明暗にあると考える」のである。これらが結局は白人女性嫌いに傾き、日本家屋の「眼に見える闇《やみ》」の中にいる女までをも伝奇小説の趣きで希求するのだ。

「文章読本」の中でも自身音読の必要を力説しているように、谷崎の文章は音読すれば味があり、朗読にも適している。この「陰翳礼讃」の、文学論にもつながる最後の一節は、全体の理解を助ける上でもぜひ音読していただきたい。「私は、われわれが既に失いつつある陰翳の世界を、せめて文学の領域へでも呼び返してみたい。文学という殿堂の檐《のき》を深くし、壁を暗くし、見え過ぎるものを闇に押し込め、無用の室内装飾を剝ぎ取ってみたい。それも軒並みとは云わない、一軒ぐらいそう云う家があってもよかろう。まあどう云う工合になるか、試しに電燈を消してみることだ」

西洋文化に憧れを抱き、アメリカ映画が大好きで、西洋文明の恩恵に浴していることを喜んでいた当時の近代人は、これを読んで断罪されているような気になったことだろうが、一方ではたとえ現代人であろうとこれによって意を強くする国粋的な人もいることだろう。

不思議にもそんな両者を喜んで読ませる魅力がこのエッセイにはあり、このあたりが大谷崎として誰にも好まれる理由のひとつなのだろう。

谷崎は関東大震災のあと東灘や兵庫など瀬戸内海沿岸に住み、ここに収録された「岡本にて」もその頃、昭和四年に発表されたものだが、それまで東京では転転として住居を変えていたのに、岡本ではすっかりその癖が止んだと書いている。東灘も兵庫も我が家からさほど遠くない場所にあり、一時は御影に仕事場を持ったくらいだが、谷崎もよほど住み心地がよかったのだろう、もう永久に東京へ戻る気はないと書いている。ただし別のエッセイでは瀬戸内海沿岸は湿気がひどくてやりきれないなどと不平を言い、褒めたり貶したりで笑ってしまうが、要するに震災以後は東京から昔の江戸情緒が失われたことへの不満があきらかに大きかったのである。

「創作の極意と掟」を書こうとしている時、谷崎の「文章読本」を読み返すことも考えたが、結局は影響を受けることを怖れて断念したのだったが、今これを再読すると、まったく同じことはほとんど書いていないものの共感する部分は多く、谷崎の進取性や、ある種の現代文への嫌悪など首肯できるところがあちこちにあり、結果としては「読まなくてもよかった」ではなく「読まなくてよかった」ということになった。文体、表現、言いまわしその他を真似る場合が少なからずあっただろうと想像できたからだ。たとえば前段でも述べた音読や朗読が可能な文章つまり「文章の音楽的効果と視覚的効果」のくだりだが、これを無視して文を書いてはならぬというのは前掲の拙著「創作の〜」でも力説している通りである。ただ現代では読み方や朗読というものはその関係の専門学校、演劇研究所、カルチャーセンターその他で教えているし、いろんな本も出ているから「然るに朗読法と云うものが一般に研究されていませんから、その抑揚頓挫やアクセントの附け方は、各人各様、まちまちであります」というのは当らない。この他にも現在では谷崎が問題にしているほどには重視されていないものがたくさんあり、つまりそれらは現代では無視してもよいとされ、解決済みとされているものもある。これが現代文学になってくるともはや規則もへったくれもない無茶苦茶が横行しているが、その一端には小生も加わっているので谷崎と共に糾弾することができないのは残念だ。一般の手紙文や話し言葉になってくると振り仮名、送り仮名、敬語、言葉づかいの規則など、もはやないも同然の状態に近づいている。

今、一般に多用されている外国語だが、これが書かれた昭和九年頃にも「外国文の化け物」「分らなさ加減は外国文以上」「悪文の標本」と谷崎が口を極めて難じたような文章、特に評論の文章が多かったらしい。だが今や評論にとどまらず、外国語の素養のない一般の人が読むような商品の説明文やそれらを評価する文章、はては広告文に至るまでのカタカナの奔流を見れば谷崎はどう言うだろうか。小生の場合これは「創作の～」に述べた如く、タイヤ、ハンカチ、ライター、テーブル、ダイヤモンドのように日常語化したものを除けば、日本語の不備を補うための「メタ言語」としてのみ使用すべきであるとして「解決済み」なのだが、和製英語が半日常化したものや若者ことば、造語、隠語の類などは、さらに考えねばならぬ問題であろう。

「文章読本」で述べられていることの多くが文章を書く人間としては老齢になればなるほど自然と首肯できるものになってくる。歳をとるといい言葉がなかなか思い浮かばないから書く速度が遅くなる。現在小生ワープロソフトで書いているのだが、かなを漢字に変換しようとした際にずらずらと出てくる同音異義語、例えば「清算」と「精算」、「追求」と「追究」と「追及」、どれが正しいのかしばらくわからなかったりもする。または、もっとぴったりした言葉がある筈だと語彙分類表や類語辞典をひっくり返したりする。こういう時に力づけてくれるのが次の一節なのである。「勿論、『知る』『気が付く』等の言葉は、その儘《まま》『意識する』と云う言葉には当て篏まらない。また『考え』と云う言葉も、それが直ちに『概念』や『観念』等の同義語にはならない。これらの新語が造られたのは、やはりそれだけの理由があって造られたのでありますから、厳密な意味においてそれらに代る古語のないことは明らかでありますが、ただ問題は、特に論理や事柄の正確が要求されていない場合に、それほど一語一語の内容を、細かく、狭く、限る必要があるであろうか、と云うことであります。(略) 即ち、文章のコツは『言葉や文字で表現出来ることと出来ないこととの限界を知り、その限界内に止《とど》まること』だと申したのを、思い出して頂きたい。もし皆さんが、どこまでも意味の正確を追い、緻密を求めて已まないのであったら、結局どんな言葉でも満足されないでありましょう。ですから、それよりは、多少意味のぼんやりした言葉を使って、あとを読者の想像や理解に委《ゆだ》ねた方が、賢明だと云うことになります」

これも「創作の～」で一章をさいて書いたことだが、「文章読本」では語尾の「た」止めが続くと調子が出て簡潔にはなるが、これが出過ぎると「た」は音の響きが強いのでかえって軽薄に聞こえてくる場合があると書かれている。「一体、簡潔な美しさと云うものは、その反面に含蓄がなければなりません」というのはまったくその通り、小生などは一番に学ばねばならない部分だろう。

谷崎はこの「文章読本」をずいぶん細かいところまで親切に論述しているのだが、その谷崎にさえ論じ切れない部分は当然のことながら、ある。たとえば「盲目物語」を書いた時には「戦国時代の盲目の按摩《あんま》が年老いてから自分の過去を物語る体裁になって」いるため、視覚的効果を狙って大部分を平仮名で、しかも老人がぽつりぽつりと語るので、そのたどたどしさを伝えるためにいくらか読みづらくし、同じことばであってもその時どきの語呂のよい方に従っている。そしてそれに続いてこう書くのだ。「以上の方針に従いますと、振り仮名の問題も自然に解決されるのでありまして、時には総ルビもパラルビも差支えない。けれども、それはその文章の内容と調和するか否《いな》かに依って定めますので、読者に対する親切は、勘定に入れないのであります。読者が正しく読んでくれるかどうかは、気にし出したら際限がないのでありますから、これは読者の文学的常識と感覚とに一任する。それだけの常識と感覚のない読者は、どちらにしても内容を理解する力がないものであると、そう見なすのであります」

ここではついに読者を突き放している。通常の作家にはちょっとできないことであり、谷崎だから言えることだ。笑ってしまうのだが、これが谷崎の、そして実は、大多数の作家の本音であろう。

（谷崎潤一郎『陰翳礼讃・文章読本』新潮文庫解説）

谷崎賞のことなど——私と中央公論

その頃はまだ中央公論新社ではなかった。わが憧れの文芸雑誌『海』は中央公論社から出ていて、何やら小難しいと感じていた総合誌の『中央公論』は、わが長編「残像に口紅を」が連載されるまでは「おれとは無縁の雑誌」という認識だった。中央公論社とのおつきあいが始まったのは『海』に書いた「家」からである。突然『海』の編集長の吉田好男が訪ねてきた時は驚いた。純文学雑誌の編集長のくせに当時ダンモ鬚と呼ばれていた顎鬚を生やしていて、服は完全にヒッピースタイル。こんな編集長もいるのだなあと思ったものだが、だいたいこの雑誌の編集長というのは後の塙嘉彦や、純文学雑誌では初の女性編集長・宮田毬栄など型破りの人が多かったようだ。

『海』だと聞いておれは張り切った。ずいぶん前からアイディアはあったものの、どう作品にするかで迷っていた「家」を、アイディアそのままの形で書いたのだ。わが純文学雑誌初登場作品である。改行の少ないこの小説を吉田氏はすんなり載せてくれて、評判にこそならなかったものの、後に山下洋輔が音楽化し、豪華メンバーでレコーディングしてくれている。「家」が載った『海』の昭和四十六年六月号には唐十郎が「ズボン」を発表していて、その他にも稲垣足穂や大岡昇平など凄いメンバーが揃っている中、目次を見てもおれはずいぶん優遇されている。その後吉田氏は別冊で新宿特集をやるので何か書けと言ってきた。彼の風貌を思い出し、やっぱりなあと思いながら書いたのが「新宿コンフィデンシャル」。日本でやった世界SF大会をパロディにしたもので、これを読んで小松左京や星新一が大喜びしていた。

『海』からはその後お呼びがかからなかったので、おれは脱稿したばかりの「経理課長の放送」を試しに送ってみた。さすがにこれは進歩的な『海』でさえ文学と認めてくれず、当時の編集部員だった村松友視が原稿を返却しに来た。彼は困っていて、「あんなアイディアをどうして思いつくんですか」などと懸命に褒めていた。

新たに『海』の編集長となった塙嘉彦に関しては、ずいぶんあちこちに書いたのでここでは割愛する。「中隊長」「遠い座敷」という短篇を発表したのちに連載した長篇『虚人たち』は澁澤龍彦の作品と一緒に泉鏡花文学賞を受賞した。わが生涯初の大きな文学賞だった。この連載中に塙さんは亡くなった。最終回まで読んでほしかったし、本も見てほしかった。

彼の葬式の日、ぼくは井伏鱒二と逢っている、と言うか三つ隣の席から謦咳に接している。

中央公論社が勧進元の谷崎潤一郎賞を、ぼくは昭和六十二年、『新潮』に連載して新潮社から出版した『夢の木坂分岐点』で頂戴した。今、座敷に飾られている賞状を見ると、選考委員全員が直筆で署名していて、そのメンバーが凄い。右から順に丹羽文雄、遠藤周作、吉行淳之介、丸谷才一、大江健三郎である。授賞式の日、妻は丹羽さんを除きすべての人に逢って話をしているので、わたしは幸運だったと今でも言っている。妻はどうやら吉行さんの好みだったようで、何やらそのようなことを言われたらしい。

『中央公論』本誌から、堀間善憲が連載の依頼にやってきた。息子の美大の入試につきあって新宿のホテルに来ていたので、そのホテルの一階の喫茶室で話したことをよく憶えている。それまで『中央公論』にはタモリとの対談で「笑いは笑いの法則を破壊する」と題してベルグソンなどを論じたくらいで、小説の依頼はなかったため、「ひゃあ。『中央公論』に連載かあ」と思ったものの、この頃はもうあちこち、思いがけないところからの依頼が相次いでいたのでさほどの感激はなく、むしろ総合誌などにいったいどんなものを書けばよいのかが心配だった。堀間君は「実験的なものでもいいから思い切ったものを」と言っていたので、「では文字落しで行きましょう」と言い、堀間君はちょっと戸惑っていたようだったがすんなり了解してくれた。そんな小説は初めてだったのだろうが、なにこっちだってそんなもの書くのは初めてだ。二人とも、これは校正係がずいぶん苦労することになるだろうという思いは同じで、校正とどう向かい合うかをずいぶん話し合ったと思う。こうして「残像に口紅を」の連載が始まったのだが、第一回ののっけから、「あ」の音が消えているのにうっかり主人公に「ああ」とため息をつかせてしまい、堀間君は読んで飛びあがったと言っていた。この連載の第一回が載った『中央公論』昭和六十三年三月号の目次を見ると池澤夏樹の芥川賞受賞第一作「ヤー・チャイカ」や、他にも堤清二、中村真一郎、立花隆などが登場していて、この頃の文壇論壇の勢いが伝わってくる。

当時のわが出版担当者はのちに角川書店に移った新名新だった。『虚人たち』を出版してくれた彼は面倒見がよく、谷崎賞の時もなにくれとなく面倒を見てくれたのだったが、ぼくが本誌に連載すると聞いてタイトルを電話で聞いてきた。直前までタイトルを決めかねていたのだったが、この時初めて「残像に口紅を」と告げると彼は「おおっ」と驚き、「女性路線ですか」などと言っていた。連載が終了すると、いかにしてこの本を売るかという新名君との相談になり、後半を袋綴じにし、以下を読みたくない人はこのまま送り返して戴ければ返金しますという但し書きをつけることにした。案の定、送り返してきた人は一人もいなかった。本はよく売れ、今でもツイッターなどでは話題になっている。

もともと女性ファッション誌だった『マリ・クレール』は、そこから逸脱し、ハイ・カルチュア誌として有名になった。中央公論社の出しているこの雑誌のことをぼくはよく知らなかったのだが、小説の連載を依頼された時に「好い雑誌だから」と妻が言うので、女性を主人公にしたものを書こうと思いつき、かくして「パプリカ」の連載が平成三年一月号から始まった。担当は清野賀子。この雑誌にはジョン・アーヴィング、レイモンド・カーヴァー、ポール・セローなどという凄い作家の作品が掲載されていて、村上春樹の「パン屋再襲撃」も載っていた。不明にしてそんな凄い雑誌とは思っていなかったのである。

「パプリカ」を連載中、併行して岩波書店の雑誌『へるめす』にも「文学部唯野教授」を執筆していたため、どうしても時間がとれなくなり、さらにはふたつの連載で義理堅くきちんと胃にふたつ穴があき、ついに兵庫医科大学病院へ一ヶ月間の入院となった。このため「パプリカ」は平成四年四月号から第一部終了を機に休載することとなってしまった。清野さんからは「連載はいつ再開されるのですかという読者からの電話があった」などと見舞と励ましの手紙がきた。入院中もベッドで煙草をぷかぷか喫い、山のように文学理論や哲学の参考書を積みあげて読んでいたので担当医はあきれていた。そんなアホな患者は当時でも珍しかった筈だ。

「パプリカ」は同年八月号から連載を再開した。当時はまだ手書きで原稿を書いた時もあったからか、「筒井康隆はいったいどんな字を書いているんだ」と訊ねられた清野さんが「文豪の字です」と答えたらしいことを仄聞した。まだ「パプリカ」執筆中だったと思うが、新名、堀間、清野三氏が神戸までやってきて、妻も一緒に居留地のブランド街を散策したこともいい思い出になっている。『パプリカ』はその後今敏監督でアニメ映画化されて有名になり、文庫化された今でも『旅のラゴス』と並んでよく売れている。堀間君は今でも現役だが、清野さんはその後中央公論社を辞め、カメラマンとなり、業界で注目されたようだが、惜しくも亡くなったということをその後聞かされた。

平成十年、ぼくは谷崎賞の選考委員となった。この時の他の選考委員は丸谷才一、河野多恵子、日野啓三、井上ひさし、池澤夏樹である。選考での各氏の発言は罵倒も含めて峻烈を極め、自分の作品もこんな風にやられていたのかと思ってぞっとしたものだが、選考会後の食事会における座談は実に面白く、この面白さに比べたら現今のテレビでのお笑いタレントの冗談など物の数ではない。以後は毎年、受賞作についての感想を『中央公論』本誌に書いている。中央公論新社となったのはぼくが選考委員になった次の年からであった筈だ。その後、日野さん、盟友井上ひさし、丸谷さん、河野さんの順で亡くなって行き、今に残っている当時の委員はぼくと池澤君だけで寂しい限り。皆さんにはもっと長生きしてほしかったなあとつくづく思う今日この頃。『中央公論』創刊百三十周年らしいが、この次は百五十周年記念、その時にはこれ以後のことをまた書かせていただきます。

（中央公論2017年5月号）

III

今、二極分化の中で

雪沼はどこにあるのか――平成十六年度谷崎潤一郎賞選評

受賞作・堀江敏幸『雪沼とその周辺』

堀江敏幸『雪沼とその周辺』を推した。

雪沼というのがどこいら辺にあるのか知らないが、鎌倉のような町を想像しながら読んだ。

七つの短篇はいずれも雪沼にある店の主を主人公にしていて、それぞれの業種については丹念に調べられ、それぞれの業界の専門用語が使われている。それらの専門用語を混えた主人公の思考によって作品に異化効果が生まれ、荒唐無稽にならぬ程度の非日常の世界がある節度を伴ってぼんやりと浮かびあがってくるという各短篇の趣向であり、それぞれの主人公が他の話とわずかな繋がりで結ばれているのもいい。

格調の高い文章と適度の実験性によって、文句のつけようのない連作短篇集になった。しかし小生の好みから言うなら、文学というものはどこかバレたところが欲しいものなのである。選考会を欠席された河野さんの書面回答には「ここ一番というところを効かせない」という文章があり、小生と同じことをおっしゃっているのかと考えることもできた。

だが、商売にならなくてもいいから伝統を大切にしようとするそれぞれの主人公の人生観が各短篇のテーマになっている以上は、やはり抑制された完璧さがなければならなかった、つまりはこういう書き方でしか書けなかったのだろうとも思えるのである。近く著者とお会いする機会があり、その席で氏の文学観の、特にそのあたりをよくうかがってみたいものだと思っている。

（中央公論２００４年11月号）

二作品受賞を喜ぶ――平成十七年度谷崎潤一郎賞選評

受賞作・町田康『告白』／山田詠美『風味絶佳』

主に肉体労働をしている何人かの男性を料理扱いしてその風味を称揚するというのは、これがもし男性作家が何人かの女性を取りあげて「これはビフテキ」「これはタンシチュー」などとやった日にはたちまちセクハラで問題になるが、逆だと褒められるというこれひとつの不思議。山田詠美『風味絶佳』は通常なら不道徳とか非常識とかされる恋愛を描き、そうした自由な恋愛を賛美し、そこにこそ絶佳なる風味があると主張している。職人が主人公の場合は専門用語を、料理が題材の場合は食材や調理法のレシピを駆使して書き、これが異化効果を生み出して恋愛小説のベテランが書く恋愛小説の奥行きをさらに深め、恋愛小説不感症の小生にも風味を堪能することができた。連作短篇集という形式も成功している。みごとである。

鉄砲光三郎の十八番「河内十人斬り」を題材にした町田康『告白』は、例えば河内音頭には「横山やすし一代記」などという下降志向を持った人物がよく歌われることでもわかるように、作者の処女作以来のテーマといえる「下降への意志」が河内音頭の精神に共鳴して生れた作品である。そのような作家のテーマと、マシュー・アーノルドの言う「いい加減さによる小説の心地よさ」を持った物語と、河内弁にでたらめの河内弁を混入させたり突然現代語を出したりする文章と、破綻するべくして破綻している文体とによって、異様な傑作となった。破綻しているのが当然であり、むしろ破綻していなければ駄目という小説であって、むしろ小説とは本来こうでなければならなかったのではないかと思わせられたりもした。

今回はお二人の受賞である。大いに祝福して乾杯したい。ブラボー。

（中央公論２００５年11月号）

独特の文学的世界の構築——平成十八年度谷崎潤一郎賞選評

受賞作・小川洋子『ミーナの行進』

特にSF的でもなくファンタジイでもないのに、小川洋子『ミーナの行進』は、異世界の話を読んでいるように思わせる異常な作品である。この作者の話にはよく精神か肉体かを病んだ人物が出てくるが、ここでも喘息の少女が主人公であり、それぞれに個性的な、まとも過ぎるほどまともであるために、あるいはまた何かに憑かれているために、不思議さの際立つ人たちや、そして特にコビトカバという幻想的な、実際は幻想ではなく絶滅を危惧されている種類の希少動物なのだが、それゆえに幻想的な動物までが登場する、やはり異常な物語であり、芦屋がもっとも良き時代であった戦後の一時期の「古き良き時代」の話として描いているために、ますます他の世界と切り離された独特の作品世界を作り出しており、選者はこれをやはりあくまでファンタジイとして捉えたいのである。

一少女の眼から見た、一種閉ざされた世界の中の小さな出来事を並列的に、愛情籠めて精密に描いて行く手法も効果的であるし、魅力的に描かれてはいるがやはり本篇中では唯一、かなりの悪人と判断できる伯父さんの存在が家庭のダークサイドとして作品に陰影を与えている。

ある意味、こういうブルジョワの生活はこの人たちにとっては日常なのだが、作者はその中にファンタジイとロマンを見出して描いており、だから作者は逆に、どんな平凡な生活にもファンタジイの要素があることを、文学的主張ということも含めて、書きたかったのかもしれない。

独特の文学的世界の構築が素晴らしい。

小川さんはここのところ数数の文学賞を立て続けに受賞されているし、その著書の、特に『博士の愛した数式』は今でもネット販売をはじめとして若い世代に売れ続けている。やはり作家には勢いのついた時期というものがあるのだなあという、はなはだ陳腐な感想を最後に述べておきたい。


（中央公論2006年11月号）

訴求力と文学性──平成十九年度谷崎潤一郎賞選評

受賞作・青来有一『爆心』

六篇中五篇が、訴求力のある「ですます」調で書かれた短篇集である。著者は長崎市の出身で、長崎大学を卒業、そののち長崎市役所に勤務し、この作品集のテーマにもかかわる部署の要職に在る。今までにも、長崎や原爆やキリシタン弾圧などをテーマに作品を書いてきた作家であることも書いておかねばならないだろう。

被爆をテーマにしたこういう作品は、被爆後何十年かごとの現実を、時期の変わりめごとに、核が問題になるごとに、くり返し書かれるべきものである。ただ肩ひじ張っただけの作品ではなく、初期の優等生的な折り目正しさからも脱して、ここにはユーモアもあればファンタジイもあり、それゆえの訴求力もある。全体が文句なしの出来であると評価されることが明らかな作品でもある。つまりはソツのない作品と言えるのだ。

これは、出来過ぎではないのか。

こういう作品は受賞をきっかけとして新聞などで論じられやすく、とりあげられやすい作品である。被爆をテーマにしたこういう作品は、被爆後何十年かごとの現実を、時期の変わりめごとに、核が問題になるごとに、くり返し書かれるべきものである。それははっきりしている。しかし、それだけのことでしかない作品ではないだろうか。問題は、文学的新しさである。過去の文学作品にないものがどこにあるかということである。この作家の芥川賞候補になった作品は石原慎太郎が激賞し、受賞したという。しかしこの賞は新人賞ではないのだから、選考委員の文学観も検証される一種の真剣勝負であろう。「被爆」の前には誰もがひとしなみに頭を垂れるというのは非文学的であり、選者は自分の感覚を信じて誠実に評価しなければならない。他の委員の高い評価を認めた上で、そして作者の精進と受賞を歓ぶと同時に、この作品に対しては作品の完成度を損ないかねぬほどの新しい文学性の不在ということ、この作者に対しては今までの作品数の少なさという面から、谷崎賞の選考委員としてはいささかの疑問を呈しておく。

（中央公論２００７年11月号）

豚はどうした——平成二十年度谷崎潤一郎賞選評

受賞作・桐野夏生『東京島』

ゴールディングの『蝿の王』がノーベル文学賞を受賞した時は、『十五少年漂流記』の不良版みたいなこんなつまらないものがなぜと思ったものだ。しかし今回受賞した『東京島』はいくつかある孤島ものの中でも、トゥルニエの『フライデー』に匹敵する、文芸的には最も現代的な作品である。場所の名前や人物の呼び名など、その他さまざまなメタファーがあり、読者の想像力を喚起する。登場人物の描き分けは読者に多少の精読を要求するが、もちろん人物のリストを作るなどのことも読者の快楽のひとつであろう。特に現代的なのは、トリックスター的存在のワタナベが知らない筈の中国語を解するなど、マジック・リアリズム的要素の多い内容になっていることだ。

ここでは孤島で生活する日常の必需品についてだの、食料を得る方法だの、普通孤島ものでは必ず細かく描写されるべき筈のものが多く省かれている。これは人間関係に重点を置いた結果であり、本家ロビンソン・クルーソー的な面白さは最初から除外し、ジェームス・バリイの『あっぱれクライトン』のような孤島における権力の逆転といった力関係の面白さが前景化されているからであろう。クライトンにおける生活の知恵に替わるものはここでは性であり、「アナタハン島事件」がモデルになっているらしいその性的な側面は極度に醜悪に描かれ、文学的不快さに貢献していてすばらしい。

それにしても、いずれは孤島ものへの挑戦ということも視野に入れている作家として、やはり気になるのは食生活のことだ。なんとこの島には豚がいるのである。数回触れられているだけだが、なんでこれを飼育しなかったのかと思い、虚構ながら残念でならない。無論、性に対応するものとしての食へのこだわりなどは、性に興味を失った老年作家の食への固執として笑われるだけかもしれないのだが。

（中央公論2008年11月号）

＊平成二十一年度は受賞作なし

壮大な文学的実験——平成二十二年度谷崎潤一郎賞選評

受賞作・阿部和重『ピストルズ』

井上ひさしがいなくなったので、選考は三人でやるのかと思って心配していたのだが、強力な委員が新たに二人加わり、それぞれ堂堂たる議論を展開してくれたので、阿部和重「ピストルズ」への授賞にも重みが出た。

当然のことだがこの作品への評価は委員によって大きく異なった。他の委員たちがほとんど全員何らかの欠点を指摘した。それらすべてに納得しながらも小生尚且つその文学的実験の壮大さだけは認めざるを得なかった。それは小説としての内容やテーマによらず、文章だけでもって読者を一種の幻覚に引きずり込もうと企んだところにある。ストーリィやエピソードなどの細部はすべてこのことに奉仕している。もしかして作品としての異様な長大さもこれに奉仕したのかもしれない。換言すれば怪奇幻想やミステリーその他の低次の小説がただ娯楽のみを求める読者に仕掛けて催眠状態にしようとしたことを作者は文学でやろうとしたのであり、その結果が成功であるか不成功であるかは二の次として、その文学的実験の意図はあるレベルに到達し半ばは達成している。実際この長い小説を短時間で読んだ小生は乾燥したベニテングタケを食べるあたりから眩暈に襲われたが、これはただ気分が悪くなったというだけではなかった筈だ。
このようなことがこの作品の新しさであり実験性である。だから頻出する難解な言語やながながと語られる因縁などのくどさに辟易して拒否しようとする読者は幻惑に陥ることもないだろう。この作品はどんな小説でも長ければ長いほど喜ばしいという真に小説の好きな人間へのプレゼントである。

（中央公論２０１０年11月号）

初老期と自然への回帰――平成二十三年度谷崎潤一郎賞選評

受賞作・稲葉真弓『半島へ』

小生が一推しと決めていた稲葉真弓さんの「半島へ」は、選考委員全員の票を集めてほぼ満票だった。これは近年ないことであり、小生なんとなく自分だけが推すことになるのではなどと思っていたのだが、さすがに優れた選考委員たちであって、この地味な作品の良さを皆が見抜いていた。

作者は作中に一度も書いていないが、これはいわば志摩半島の歳事記（歳時記ではなく）のつもりで書かれたものであろうと思う。二十四節気の暦というものがあることはこの作品で初めて知ったのだが、構成としては一か月を一章に充てて一年間を描いている。主人公は生地の名古屋や、生活してきた東京から離れて半島へやってきた女性だが、それまでとはまったく異なるその自然環境にほとんど恋してしまっているのだ。

自然の恵み、自然の驚異、そして自然の美しさをナイーヴな文章で描くことによって、作者はまるでそこに、都会や人間社会などにはない喜びと刺戟があることを読者に懇懇と教えているかのようだ。人間に関してなら、その別荘地の近くに住む人たちとの交流も、都会にいた時につきあいのあった人たちを思い出すのも、すべて自然の変化や自然とのかかわりあいがきっかけである。そうした自然のたたずまいの、川端康成賞を受賞したばかりの優れた描写力に、自然科学者を父に持つ小生の血が大いに騒いだことは当然であったろう。初老期における自然への回帰を表現してみごとと言うほかない。小生本来文学的冒険や実験に乏しい作品はあまり認めないのだが、事件らしい事件も起こらずひたすら身辺のみを書いた長篇というのも、現代にあってはひとつの小説的冒険ではないだろうか。

（中央公論２０１１年11月号）

さまざまな視点からのフィクション論――平成二十四年度谷崎潤一郎賞選評

受賞作・高橋源一郎『さよならクリストファー・ロビン』

受賞した『さよならクリストファー・ロビン』は連作である。ジュリアン・バーンズが『フロベールの鸚鵡』を書いて称賛された文学的手法を、連作向きであることに気づいて初めて日本の文学に導入したのはこの高橋源一郎の『優雅で感傷的な日本野球』ではなかっただろうか。二十四年前、小生も選考委員だった第一回三島由紀夫賞はこれに与えられている。『フロベールの鸚鵡』は一筋縄ではいかないフロベールという作家を十五の章に分けてそれぞれ異なった視点から小説の形で追究している。これこそが新たな文学的手法だったわけで、高橋氏はこれに着目したのである。『優雅で……』もまた七章からなる連作であり、日本野球というものをそれぞれ違った角度から考察している。今回の受賞作もまたフィクションを「おはなし」としてその本質を周囲から囲繞するかたちで小説にしているのだが、知的読者やおたくへの目配せも抜かりなく、他の文学形式の束縛から抜け出すために現われた新しい、もっとも自由な形式を自家薬籠中のものにしてしまった。中でも「お伽草紙」はフィクションの本質に肉迫していてすばらしい。

中間小説全盛期に雑誌社や多忙な流行作家の都合として流行した連作という形式を、純文学雑誌に新たな手法として導入したことは高橋源一郎の大きな功績だったと言えるだろう。そして作者自身は現在、批評性の強い小説やエッセイを数多く書いていて、今やポップ文学の旗手といってよい。とにかくこういうものを書かせたらうまいのである。そこが気に食わず、「書き過ぎだ」などとちょっぴり苦言を呈したりもしたのだが、こんなものを書かれたのではまあ、しかたあるまいね。

（中央公論２０１２年11月号）

詩的言語による異化――平成二十五年度谷崎潤一郎賞選評

受賞作・川上未映子『愛の夢とか』

谷崎賞はやはり長篇に与えたいという主張もあったが、今回受賞したのは川上未映子の短篇集『愛の夢とか』だった。最初のごく短い五篇で才気の片鱗を見せておき、最後の長めの二篇で展開の妙を見せるという構成が成功している。その一篇「お花畑自身」はユーモラスな不条理感覚、最後の一篇「十三月怪談」は死と、死後の世界を、その展開で何度も驚かせながらさらに驚きの結末へと導いている。小生には、この構成のしかたは他にもあった短篇集スタイルの候補作と比較しても優れたものであり、全体として長篇にひけをとらぬものでもあると確信できた。そしてまた候補作すべての中でも、最も文学的だと小生が評価できたのは、何よりもその詩的言語、この作品の場合は文学的言語によって、大きな異化効果が生まれていたことだ。最初の五篇で見せた才気の片鱗とは、詩や歌詞を作ることで培われてきた作者の、とんでもない比喩や意表を突く描写やみごとな表現をして見せるこの才能のことである。これは全作品をユーモラスにし、ファンタジイとしての効果をあげている。笑いとSF指向という小生が考える現代文学での必要性をふたつまでクリアしているのだから、推さぬわけにはいきません。

谷崎賞はヴェテランに与えるという建前からは、受賞にはまだ早いのではないかという危惧が小生にはあった。年齢ではなく、あくまでデビュー以後のキャリアのことである。だがこれも過去のより若い受賞者の存在や、他の候補作との比較によって、今までにない長時間の選考の結果、並みいるヴェテランや年長作家を退けての受賞となったのだった。

（中央公論２０１３年11月号）

縦のピカレスク・ロマン——平成二十六年度谷崎潤一郎賞選評

受賞作・奥泉光『東京自叙伝』

新しい小説同士にはしばしばシンクロニシティが訪れる。今回の受賞作、奥泉光の『東京自叙伝』は、最近出たスウェーデンの作家ヨナス・ヨナソンの『窓から逃げた100歳老人』（訳・柳瀬尚紀）とみごとにシンクロしているので驚いた。「100歳」の方は一人の主人公が歴史の重大な局面にコミットする。例えばオッペンハイマーが原爆を爆発させる方法がわからず悩んでいる時に「ふたつをぶつけたら」と耳打ちしたりするのが主人公である。ほぼ同時に書かれたと思われるもう一方の奥泉作品では、東京の地霊に憑依された主人公が各時代の人物に次つぎと乗り移り、歴史にコミットする。その人物というのがみな悪いやつばかりだから、縦のピカレスク・ロマンとも言えよう。一〇〇歳老人との共通点は「どんなことでもなるようになる」という諦念と楽観主義だ。歴史小説を除いての話だが、このようなSF的思考による歴史と文学が融合されたふたつの作品は、新たな文学的思潮としての同時代性のあらわれなのかもしれない。過去のSFではイタロ・カルヴィーノの『レ・コスミコミケ』に出てくるQfwfq爺さん（ビッグバンと聞けば「わしはそこにいた。あれは凄かった」などと言い出す老人）という例があるのみ。

特に江戸時代、明治時代、昭和初期の懐かしい時代背景の部分にくり返しの多い語り口や戯文調のくだけた文体がぴったりしていて快く、これは作者の老成であろう。奥泉君もこの境地に達してくれたかとまことに喜ばしい。今までの彼の長所が凝縮されていて、他の候補作品には希薄だった文芸としての味わいと香りがある。小生一推しの作品の受賞であるのも嬉しいことだ。

（中央公論２０１４年11月号）

なだらかに超感覚へ——平成二十七年度谷崎潤一郎賞選評

受賞作・江國香織『ヤモリ、カエル、シジミチョウ』

超感覚とか超能力とかいった現象をSFという形式ではなく、ごく自然に、リアルに描き尽した文章の才に感服した。前半は同じことの繰り返しのように思えて少し退屈しながら読んでいたのだが、主人公の拓人が徐々に進歩していることに気づいた後半から俄然面白くなってきた。描写される周囲の人物たちは、姉の育実のように拓人の能力に気づいているだけだったり、児島保男のように拓人とコンタクトできる能力を秘めていたり、野崎志乃のように拓人が受け入れることのできる思考をしていたりとさまざまだが、それによって他の大多数の、拓人とコンタクトできない人物たちの感覚とある意味で地続きであることをみごとに表現した。特に後半、物語が動き出してからの迫力はただならぬものがある。これは児島保男という人物の面白さが影響しているからであり、子供だけではなくこういう大人だっているのではないかと思わせてしまうのはひとつの功績である。これ以上文学的に書けばニューロチックになったであろうと思われる作品であり、だからこの書き方で正しいに違いないのだろう。

死の象徴としてのシジミチョウがあまり出てこないのは物足りないが、最後の数行、はるか未来になってのエピソードは作者のエンターテイナーとしての能力も示していて、この長篇は童話から出発し、直木賞を受賞してきた作者の経歴が十二分に生かされている作品であり、集大成でもあるのだ。

（中央公論２０１５年11月号）

新趣向と王道と——平成二十八年度谷崎潤一郎賞選評

受賞作・絲山秋子『薄情』／長嶋有『三の隣は五号室』

ジョルジュ・ペレックというフランスの作家が『人生　使用法』という奇妙な小説を書いている。ある共同住宅の建物を縦割りにしてその各室の住人を並行的に描いて行くという手法で不思議な効果をあげているのだが、長嶋有『三の隣は五号室』は、第一藤岡荘というアパートの五号室の歴代の住人を定点観測し、年代記としてではなくテレビ番組、スポーツ、歌、電化製品などが関係する日常的瑣事を五十年にわたって描写している。ただひとつの部屋だけで『人生　使用法』とほぼ同じ効果を、しかも何分の一かのページ数であげているのだから、年代記をばらばらにしたこの実験的手法はみごとに成功していると言っていいだろう。

絲山秋子『薄情』は作者の気難しさがそのまま現れているような実に気難しい小説だ。文学という制度を真っ向から否定するのではなく、極力、物語性を排除するという形で制度の内側から外へ向って否定しているような作品であるからこそ、つまりは文学の王道であると言えよう。こういう人物が存在することはよくわかるし、彼が好むタイプの女性との成行きがみな同じであることも実によくわかる。句点を省くなど文体にもあちこち工夫が凝らされていて、特に主人公の内省は格調の高いエッセイのような文章になっている。

今回の候補作はいずれも魅力があって迷わされたが、久しぶりの二作受賞でいつもより重みのある決着がついたと思う。

（中央公論２０１６年11月号）

詩と小説の併存――平成二十九年度谷崎潤一郎賞選評

受賞作・松浦寿輝『名誉と恍惚』

松浦寿輝『名誉と恍惚』の骨骼《こっかく》はあくまでエンターテインメントである。なのにそれがここまで文学好きの読者を満足させてくれるのは、主人公の独白、自省、想像、さらには情景描写、人物描写などに見られる詩的表現だ。その意味で小生はこれを所謂全体文学ではなく、全体小説と称したい。全体文学というのは世界を丸ごと一篇の中に収めようとする壮大な試みであり、現代ではもはや薄っぺらい娯楽作品にしかなり得ない筈なのだが、『名誉と恍惚』で試みられているのは文学のあらゆるジャンルを一篇の中に鏤《ちりば》めようとする、小説、詩、評論などすべてを知り尽した本当の文学者でなければできない豊かな営みであろう。この大長篇を読んでいて心地よいのはまさにその豊かさゆえである。

松浦寿輝はもともと詩から出発した文学者であり、詩はもとより俳句などを多く小説のテーマにしていて、また評論の著作も多く、小生も三島由紀夫賞の選考委員だった二十年ほど前に『折口信夫論』で賞をさしあげている。そして小生との接点と言えば何よりも彼の映画に対する、それもB級映画への偏愛であろう。『名誉と恍惚』を読んでいる間もぼくはまるで映画を見ているような恍惚感にしばしば襲われた。そう言えば彼のもうひとつの出発点は映画評論でもあった。この長篇はできるだけ多くの人に読んでいただきたいと思うし、ぼくと同じ感動を是非味わってもらいたいと願う作品でもあるのだ。

（中央公論２０１７年11月号）

笑いのある実験的ファンタジイ——第十八回三島由紀夫賞選評

受賞作・鹿島田真希『六〇〇〇度の愛』

小生イチ推し青木淳悟氏の「クレーターのほとりで」は、小生が以前から新たな文学に求めていた「笑いがあり」「ファンタジックで」「実験性の見られるもの」という三条件をすべて満たしている傑作だった。まず、氷の隕石が落ちてきたあとの沼地で、兄弟と思える人間の男たちと、最後のネアンデルタールの女たちが邂逅し、生活し、ネオ・ネアンデルタール・サピエンスを生むというセンス・オブ・ワンダーがよい。現代に移っていろんな問題を華麗に展開するが、旧約聖書やその他との整合性のなさが面白く、素晴らしいい加減さを醸成している。ぶっ壊れ具合がなんとも言えず心地よく、たとえまたしても「SFを駄目にした小説」という批判が出ようと、どうしても小生はこれもSFに含めたいのである。血縁関係の図と、前半の話の食い違いやズレもいい。恐らく受賞はするまいなと思いながら選考に臨んだが、島田雅彦委員が後押ししてくれたものの、やはり落ちた。まだ二作品しか書いていないようだが、前作の「四十日と四十夜のメルヘン」をトマス・ピンチョンみたいだと言って絶賛した作家もいるらしいので、次作に期待するところ大である。

次に推していたのが三崎亜記「となり町戦争」だった。確実に起っているが眼に見えない戦争という着想や設定は現代的で秀逸。しかし五十年に及ぶさまざまな不条理文学の洗礼を受けてきた身には、無機的な主人公の性格その他がいかにも定石通りであり、最初に趣向がわかってしまうとあとはやや退屈となる。しかしお役所の論理による戦争という設定はなんと言っても素晴らしく、さまざまな書類など、作者も楽しんで書いた筈だし、こちらも楽しませて貰った。この書類のような着想があと二、三あればよかったと思う。しかしながらそのお役所の論理や書類などは作者がお役所勤めをしていたからこそその発想や描写の素晴らしさとも思え、何しろ処女作なので、今後もこの水準の作品が生み出されるのかどうかいささか危惧されるところであり、積極的には推さなかった。

受賞した鹿島田真希「六〇〇〇度の愛」は前作「白バラ四姉妹殺人事件」とはがらりと変って、ずいぶん緊張感のない作品になってしまった。前作を絶賛して単行本のオビにまで推薦文を書かせてもらった小生ではあるが、今回はまったく波長が合わなかった。長崎へ行って浮気をする話だからというので「六〇〇〇度の愛」というタイトルをつけるというう感覚がまず困るし、浮気がヒロインの作品中の出来事なので、これがメタフィクションとして生かされるのかと思ったが何もなし。さまざまなフラグメントを援用して女性の個人的な生の感覚を表現しようとしていることはわかるのだが、これが現在進行形の文章や体言止めの多用などで説明されると単にひとりよがりとしか見えず、マイナスの文学臭になってしまい、フラグメントの頻出が退屈になってくる。特に体言止めは、この場合、深く進行しようとしている作者の思考がそれ以上進まないことの表現であり、それは無論思考をとことん深く追求しようとしてそれ以上深まらぬ作者の苦悩も表現しているのであるが、一方では思考の停止、思考の放棄とも受け取れるのだ。理屈や説明だけでこのような特異な感覚を表現しようとするのは無理である。島田委員、福田委員の推薦のことばもやはり理屈ばかりに思えて納得できなかった。

いったいに文学においても、このような特殊な感覚や思考を表現する場合には主人公をある緊張感を持った小説的なシチュエーションの中に投入し、必然として主人公の思考や感情や反応や行動を描写することによってのみ、主人公のその特殊な感覚や思考のごく一部分がやっと表現できるといったたていのものではあるまいか。それこそが小説なのではあるまいか。小生はそう思うのだが。

（新潮2005年7月号）

票が割れてバラつきました――第十九回三島由紀夫賞選評

受賞作・古川日出男『LOVE』

いしいしんじ「ポーの話」が面白かった。これはマジック・リアリズムによる再生の物語で、ギュンター・グラス、ミシェル・トゥルニエ、ガルシア・マルケス、ル・クレジオ、特にジョン・バースの放浪と彷徨の物語性など、世界各国の最先端の現代文学の成果をすべて継承しようとしているかの如き意欲的な試みで、その意図も物語も壮大である。候補作の中ではこれを最後に読んでほっとしたりもし、最も面白く読めた。強いて欲を言えば日本の作家が書いたという証明のようなものを新しさとしてつけ加えてほしかったくらいのものである。技術的にはこの作品が一番だというのは他の選考委員たちの一致した意見でもあった。

この作品は選考の最初の段階で唯一、◯がふたつもあったのだから、本来ならば受賞していた筈なのだが、最後になって若手ふたりの「LOVE」への乱入があり、最初は輝さんひとりが推していただけの「LOVE」に賞を奪われてしまったのは残念至極。

宮崎誉子の短篇集「少女@ロボット」も面白かった。実は「ポーの話」でなければこの本、と思っていたのだ。小林恭二が出てきた時はみな驚き、手抜き小説だなどという声もあったのだが、これはそれどころではない。猛スピードの展開の爽快感、ブッ飛ばすPOPな文体には度肝を抜かれる。短い会話の連続でページの下半分が真っ白なのだが、この空白を埋めるために始終大脳のどこかを使っていたらしく、ずいぶん疲労した。むろんそれは心地よい疲労と言える。第二話あたりからブッ飛ばしかたがだんだん激しくなってきたので、この調子では最後の方は凄いPOP文学になるに違いないと思って楽しみだったのだが、後半は逆戻りした。だからその意味では「少女ロボット（A面）」が最も優れている。それぞれの短篇の主人公たちはさまざまな職業についているが、すぐにむかついたり、すぐに辞めたりするその言動からは、ずいぶん甘ったれているように見える。勿論文学的感性で読めばその甘ったれているところこそが好ましいわけであり、あの、すぐに「くそ、と思うた」と書く車谷長吉の女性版とも思える。しかしだからこそ逆に、比較的真面目に歯科医の助手を勤める「マウスピース」にも好感が持てるのである。

小説がある ジャンル、一方の極においてこうなっていくのは必然とも思えるし、こういう小説があってもいいと思う。島田雅彦が最初に○をつけたのも未来を見越して授賞を先取りしようとしたからであったのだが、この作者がりさちゃん、ひとみちゃんと異なるのは、最初から読者を狭く限定しているところにある。まさかこの小説が五十代以上の読者の理解を得るとは作者だって思ってはいるまい（「でもお前は七十二歳でもってこの作品、理解しているではないか」と言われそうだが、小生と一般読者を一緒にしてもらってはいささか困ります）。そういう作品に文学賞を与えていいのかという疑念で、小生授賞には少しためらった。「LOVE」の受賞にはそんな流れも影響している。

さて古川日出男「LOVE」であるが、恐らくは作者が意図したであろうようにこの軽やかな文体に身をまかせ、通り過ぎていく人物の群像や多くの猫たちを眺め、そして東京都心部の点景を観照しながら読んでいけば、たしかに心地よく、疲労もしない。ラテン・アメリカ文学の手法や唐十郎的世界観、そしてリズミカルな文体と、さまざまな新しさがここにはあり、それゆえの若い読者たちの多くの支持なのであろうとは思うのだが、小生には何の感慨も湧かなかった。「ポーの話」に否定的だった委員たちの言う「見せかけの新しさ」という批判は、小生にとってはこの作品に当てはまり、空しさが残った。この作品はたしかに「新鮮」ではあろうが「鮮烈さ」はない。

最初に福田和也が推していた前田司郎「恋愛の解体と北区の滅亡」は、誰もが見るユング的な夢――宇宙人の襲来と日常性の対比を描いていて、その限りでは奥深いが、それが文学的な深みとして生かされてはいなかった。SFの読者や作者の初心の段階において誰もが思いつく状況であるだけに、導入部の心理描写の迫力を最後まで維持してほしかったと強く思う。

西村賢太「どうで死ぬ身の一踊り」だが、この人が心酔しこの作品のテーマにしている藤澤清造の「根津権現裏」を参考のために読みかけたものの、あまりの貧弱さに途中で投げ出した。貧乏で、金が無く、食うものがないことの羅列がなんで「魂の叫び」になるのか小生にはさっぱりわからない。葛西善蔵のあとを嘉村礒多が継いだように、藤澤清造のあとを西村賢太が継ぐというわけにはいかぬ。時代が違うのである。だがこの作品そのものは面白い。この後の話も読みたいとは思う。しかしそれは文学的興味からではない。

（新潮2006年7月号）

今、二極分化の中で――第二十回三島由紀夫賞選評

受賞作・佐藤友哉『1000の小説とバックベアード』

ポストモダンの時にあって、文学は大きく揺蕩している。今はもう過去の文学を縮小再生産している時代ではないだろうと思う。例えば今回の候補作品、映画化もされた西川美和「ゆれる」はミステリの手法、複数の視点という古典的な技法で書かれた、それなりに魅力的な作品ではあるのだが、家族の葛藤劇は過去に描き尽された題材であり、他の文学賞ならいざ知らず三島賞に相応しいものとはどうしても思えなかった。ことばの裏の心理を書き込んだこともかえって文芸的とはならず、映画化作品のノベライズであることを強調するような結果になってしまった。こうした作品こそ、なぜ映画的リアリズム（自然主義リアリズムではなく映画的表現を準拠枠にしたリアリズム）の手法で書かなかったのだろう。新しい文体の発見によって新しい文学性を得られたかもしれないのにと思い、不思議でならない。

「生きてるだけで、愛。」の本谷有希子は演劇畑の人だが、これまた女流作家乃至現代演劇によって過去に多く描かれた、自我に振りまわされる女性をこれでもかとばかりに書いていて、それが文芸的だと思い込んでいるのではないか、現代の人格崩壊について心理学

者や社会学者が大喜びで論じるであろうことを狙っているのではないかと勘ぐりたくなってしまう。確かに今、新聞が喜びそうな「社会現象指向」の作品に賞が与えられ、話題になることは多いのだが、少なくともこの賞の選考をする立場としては、もはやそういう意図に後退して小説を書いている時代ではないと思う。テレビで拝見したがむろん作者本人は主人公と違って実に頭のいい人だからこの作品が私小説とはとても思えず、徹底して主人公をこんな人物にしたのも何かの思惑あってのことと思ってしまうのである。

「また会う日まで」の柴崎友香もまた処女作が映画化されていて、この作品もまた映画的であろうとする一方で殊さらに文芸的であろうとする眼顫症《がんせんしょう》にかかっている。気分に流されただけのなんでもない会話のあとに説明をつけ加えたりするのがそれであり、そのなんでもなさや凪子のようなおかしな娘が今風であるという主張めいたものも感じられるのだが、平穏な日常を描いて非日常にするのが文学である。「静かな演劇」ならぬ「静かな映画」化を狙っているのかもしれないが、どうすれば今までの文芸的な文章や文体から脱した新たな文学になり得るかということにもっと関心を払ってほしいと思う。

実は以上の三作品でさえなければ、現在二極分化している一方の側、つまり反自然主義リアリズムによるあとの二作品のうちのどちらが受賞してもかまわないと思って選考に臨んだのである。いしいしんじ「みずうみ」はファンタジーの要素が濃くて小生好みだった前作「ポーの話」に比べると、小説としては面白くなくなっている。今回、感情移入しにくいのは説得力がないからで、自分の身に起ったことから発展させて書こうとすると得てしてこうなる。しかし強調しておかなければならないのは、この作品はある意味で、前作よりも発展しているということである。神話から一歩踏み出そうとしていてその踏み出し方が弱くて首尾結構が整っていないのも、単なるファンタジーから抜け出そうとしたためにファンタジー一直線の前作よりわかりにくくなっているのも、それは発展途上にあるためと思えるからだ。この人がどこへ向かおうとしているのかは想像するしかないが、恐らくは「実存」といった方向ではあるまいか。小生が最も期待している人である。

受賞した佐藤友哉「1000の小説とバックベアード」も、やはり欠点の多い作品である。舞台背景の陳腐さ、批評するために文学を殊さら軽く見ているなどである。実際この作者に、例えば吉行淳之介などの評価はできまいと思えるほどに従来の文学に関する素養は乏しい。しかし逆に言えば、ここにあるゲーム感覚に満ちた、軽がるとした批評精神によるライトノベル的戯作は、自然主義リアリズムを金科玉条にしている今までの文学者にはなし得なかったことである。「なんだ。結局は文学で文学を批評する狭い世界に後退しているのではないか」と思う人もいると思うが、そうではあるまい。従来の文学をゲーム感覚で批判するには大変な勇気がいるのだ。願わくば同じゲーム感覚で文学以外の、通常なら人が尻込みするようなテーマを片っ端からとりあげてほしいものである。

好々爺と頑固爺とどちらを選ぶかと言われたら小生断然後者を選ぶ。今までは候補者を顧慮して悪口はなるべく控えてきたが、小生も今や七十二歳、もうよかろうということで今回は言いたいことを言わせてもらった。憎みたい人はどうぞ憎んでください。

（新潮2007年7月号）

計算され尽くしたベテランの技——第1回山田風太郎賞選評

受賞作・貴志祐介『悪の教典』

貴志祐介『悪の教典』だろうと思って選考会に臨み、これが受賞した。四十人近くに及ぶ登場人物を配置しながら読者にさほどの労力も要求せず巧妙に処理している。ミステリーとしては倒叙形式になるが、それによる迫力は充分効果的。伏線もよく利き、ラストの意外性もよく、重要な人物ほどあとで死ぬというパターンもみごとに破っている。エリート意識ゆえに人間を実験動物のようにしか見られないという共感能力の欠如した主人公に対して読者を感情移入させたことも功績のひとつだ。計算され尽くしたベテランの技と言ってもよい。

『悪の教典』と最後まで争った綾辻行人『Ａｎｏｔｈｅｒ』もまた手練《てだ》れの作品である。鳴という女の子が実在するのかしないのかを宙ぶらりんにしたままで物語の中ほどまで進めてしまう技術は、多少の無理があるにせよたいしたものだ。一人二役というラストの叙述トリックはバルガス・リョサの長篇と似た手法で意外性充分。それにしても、いかに記憶や記録が失われるとは言え人が死に過ぎる。『悪の教典』の場合は大量殺人というテーマだったから許されるが、こんなに死ねば警察やマスコミが抛《ほう》っておくまい。むろんリアリティや論理性を求める作品ではないから、こんなホラーもありなのかなとは思わせる。文章には文学性もあり、この賞を受賞してもおかしくない作品だった。この作品と『悪の教典』の死者数の合計は百人以上。

森見登美彦『ペンギン・ハイウェイ』は素晴らしいファンタジィであり、強いて言えば恋愛小説でもある。子供の視点で子供らしい文章で書かれていながら、その文章がすばらしい。時には新感覚派になり時には大江健三郎になったりするのが面白かった。ただしこにはエンターテインメントとしての面白さがない。謎の提示はあるがその謎を解決するための手がかりを読者は与えられない。しかし、もし手がかりを与えればそれは推理小説的になり、冒険小説になってしまう。やっと最終章、大人の世界がかかわってきて面白くなるが、やはり謎は未解決であり、SF的なセンス・オブ・ワンダーも望めなくなってしまう。

つまりこれは純文学なのである。少年の一人称で書かれてはいるが大人の読むべき小説だ。この作品にはむしろ純文学の賞が相応しいと言える。

海道龍一朗『天佑、我にあり』は優れた歴史小説であり戦記小説で、登場人物の表を作るなどして読者の小生も楽しませてもらったが、最も楽しんだのは作者ではなかっただろうか。地勢を考え人物や軍勢の配置などを考える時の作者は至福の時を過ごしたであろう。惜しむらくは使い古された時代小説の常套句や表現が多すぎて講談調になってしまった。しかしさまざまな歴史小説の技法に新しさをつけ加え、伝統としてあとを継ぐ者に残した功績は大きい筈である。

（小説野性時代２０１１年１月号）

日本人が書く価値と意味——第2回山田風太郎賞選評

受賞作・高野和明『ジェノサイド』

高野和明『ジェノサイド』は文句なしの良質な娯楽作品である。ＳＦの読者には科学的なペダントリイが喜ばれるだろう。情報小説としての魅力もエンターテインメントには欠かせぬ要素だからである。アメリカ製の長篇エンターテインメントを読んでいるような気分になるのだが、これが日本人作家にしか書けぬ作品である理由は、アメリカの政治家や組織の悪を鋭く追及しているからだ。アメリカ人作家にはとても書けぬものであり、そこにこの作品を日本人が書いた価値と意味がある。こういう大作こそが本賞の受賞作にふさわしい作品と言えるだろう。

真山仁『コラプティオ』も、民主党が倒れたあとの新たな党による政権を描いた近未来ものの力作である。政治、経済、さらにはアフリカと詳細に論じていて、また連載終了時に原発事故が起ったため大幅に加筆修正してもいる。そのため単に経済問題だったテーマに原発事故という視点が加わり、読者に資本主義と科学技術を両輪とする自走性を考えさせ得たことは偶然だったのだろうか。本書の刊行後にヨーロッパで起きた経済破綻をテーマに加えていれば、資本主義経済の衰退という新たなテーマ、明確なテーマがつけ加えられたかもしれない。

有川浩『県庁おもてなし課』は導入部が面白く、どうなることかと思わせるが、観光地めぐりや観光論になると新聞連載にあり勝ちな引き延ばしに思え、つまらなくなる。だがお役所内のいざこざや無理解や鈍感さに話が戻ると面白くなる。作者は取材先である高知県から怒りを買うことを怖れたのかもしれないが、課の偉い人や市議の横槍もちらほら出てきて、まあここまででもよく書けたと言えなくもないが、この書き方ではやはり役所内のどろどろした暗闘は描けなかっただろう。作家としての覚悟の問題かもしれない。しかし直木賞なら充分にとれる作品だ。

辻村深月『水底フェスタ』は閉鎖的な村の恐ろしい因習を描いていて、それが徐徐に明かされる過程に工夫を凝らし、盛りあげている。惜しいのはややひとり合点の文章だ。過去から現実に戻るときにはそれなりの技術がいる。「思う」「すれ違う」など現在進行形の文章のあとで突然「あの日」などと過去が出てきてはいけない。三人称で書いていながら急に「自分たちを連れていった」などと書いては困る。またタイトルも、ふたりが因習に破れて心中することを比較的早くから想像させ、最後はぎりぎりでそうならないにしても、やはり損である。

曽根圭介『藁にもすがる獣たち』は、エンターテインメントの骨法をよく心得たピカレスク・ロマンである。まったくろくな人間が出てこない。小生こういう作品は大好きであり、飽かずに読ませる。技法に寄り添った娯楽作品で、時間をごちゃごちゃにして最後の「時間の叙述トリック」に貢献している。しかし、せっかく弱い人間が多く登場しているのだから、作家としてはその弱さの心理をこそ描くべきではなかっただろうか。

（小説野性時代２０１１年12月号）

絶妙の錯時法――第3回山田風太郎賞選評

受賞作・冲方丁『光圀伝』／窪美澄『晴天の迷いクジラ』

受賞した窪美澄『晴天の迷いクジラ』は候補作の中で最も文芸的に突出していた傑作である。母親や家族という呪縛から逃れての疑似家族がテーマであり、構成がよい。読んでいて実に不愉快になってくるが、これこそが文学の不快さであろう。家庭崩壊という現実問題、むろんそれは多岐にわたるのだが、それに対してひとつの答を出そうと模索している誠実さが見られる。章ごとに時間が過去へ行き現在に戻り、さらには文中、何気ない過去と現在への往還がしぜんに行われて、まったく違和感がない。錯時法という高度な技法なのだが、これが絶妙だった。

もうひとつの受賞作、冲方丁の『光圀伝』は候補作中一番の力作だ。純然たる虚構と史実がうまく織りまぜられていて楽しませる。時には佐々助三郎（佐々木助三郎・助さん）という実在の人物は登場し、格さん（渥美格之進）という架空の人物は出てこないなどの歴史や時代小説の愛好家ならにやりとする工夫も凝らされている。感情の起伏がやや大袈裟で、同じ表現が何度も出てくるのは難点。決してググったコピペなどではなくよく調べて書かれた大長篇なのだが、例えば従来の「水戸黄門漫遊記」と交錯させてメタフィクションにするとか、できれば過去の多くの伝記小説、時代小説、歴史小説から一歩踏み出した現代性、実験精神が欲しかった。次はこの人のSFを読みたいものだ。

前記二作と最後まで争った山田宗樹『百年法』は、不自然な体言止めの多用が投げやりのように見えてしまい、地の文の途中から会話になり、地の文に戻らずに終るなど、文体が文学的でないための弊害が目立った。会話ならいいが地の文で「昨夜になってようやく顔を出せた次第。」という語尾はないでしょう。小説家が「筆舌に尽し難い」と書くのに似た恥かしい文章です。不老不死テーマのSFだから、せっかくiPS細胞が話題の現今、もう少し疑似科学的ペダントリイも欲しかった。スケールは大きく見えて実は日本国内に終始し、政治や警察の描写が多くて庶民のエピソードがない。これが小松左京なら、というようなことは言っちゃいけない。

中田永一の『くちびるに歌を』は、三人称で書かれるべきであった。その章の語り手が誰か、すぐにはわかりにくい上、ある章の語り手の知っていることを別の章の語り手が知らず、同じ説明が重複してなされる退屈さにつながってしまう。いちばんよくないのは、すべて中学生の文章になったことだ。読者対象は中学生ではないのだから、大人の文章が出てこないというのは文芸作品としての欠陥になる。こんな練習ぶりではとてもコンクールには通るまいと思っていたら、やっぱり通らなかった。もし通っていたら作りごとなので、通らなかったというのが唯一の救いか。小生中学時代にNHK全国コンクール混声合唱の部で日本一になった経験をしているが、こんな練習で出場しようと思うことは小説としてさえ非常識であります。

（小説野性時代2012年12月号）

票が割れました――第4回山田風太郎賞選評

受賞作・伊東潤『巨鯨の海』

垣根涼介『光秀の定理《レンマ》』は剣豪ものとしての時代小説、戦記ものとしての歴史小説を合体させ、これにモンティ・ホール問題として知られている統計学の論理を味付けにしている。SF的でもなく笑いもなく実験性もなくて小生の文芸的主張には合わないものの、骨骼がしっかりしているから安心して読め、中盤から後半にかけての迫力もなかなかのものだ。テーマを語り終えたのち、本能寺の変を詳しく書かずに切り捨てているのもいさぎよい。この作品を推したが僅差で落ちた。

伊東潤『巨鯨の海』は史料をよく調べていて、最初のエピソードのペダントリイも違和感なく、むしろ圧倒される。しかし短篇集、又は連作としての弱みは如何ともし難く、最後の方になるほど面白くなくなり、くどくなる。それぞれを独立した短篇とせず、編年体にして一族の物語として書けば長篇としてもっとよくなったのではないか。鯨そのものがあまり描かれず、人間社会の物語に終始したのも物足りない。

伊坂幸太郎『死神の浮力』は何よりも主人公のひとりである千葉のキャラクターが面白い。しかしこの千葉が死神で、通常の人間ではないことがいつまでもわからないのはおかしいし、死神のルールもあやふやである。この長篇に先立って短篇集があったらしいが、そこで書き尽くしたためのルールの割愛であったとすれば不親切であろう。死神が人間を死なせることに対して「可」「見送り」の判断を下すのだが、それはどのようにしてなされるのか。一人に一人の死神がつくのなら戦争ではどうするのか。こうしたあやふやさがすっとぼけていていいというのであれば、もっとすっとぼける必要があった。尚、アクションの途中で饒舌やペダントリイが入るのは「遅延」という技術のルールから外れていて、これはあくまでクライマックス直前に「だれ場」としてやるべきであろう。小生が二番目に推した作品なので、特に欠点を指摘して作者の奮起を求めることとした。

有川浩『旅猫リポート』は最初のうちテレビの動物をつれ歩く旅番組の趣きで退屈、そして最後に近づくにつれ泣かせが多くなる。

子供や動物を出してきて泣かせるのは反則という意見さえあるのに、ここへ主人公の死をからませたら誰だって泣くのである。文芸的には「泣かせるのは簡単。笑わせるのは難しい」。文学的でない文章もそうだが、エンターテインメント一直線というところ。しかし敢えて言いたい。現代小説である限り、読みやすいだけの安直さであってはならない。猫が語るという点を除けばさほど笑いもなく、実験的でもない。

増田俊也『七帝柔道記』は文章にくり返しが多く、通常くり返しには文芸的意図が必要だが、この作品の場合はただ熱気が伝わってきて読者をぐったりと疲れさせるだけ。これは文芸的意図とは言い難い。メイラー『裸者と死者』あたりを読んで勉強されたい。

（小説野性時代２０１３年12月号）

縄文から弥生へのロマン——第5回山田風太郎賞選評

受賞作・荻原浩『二千七百の夏と冬』

受賞作の荻原浩『二千七百の夏と冬』は滅多に小説化されることのない縄文・弥生の古代を描くロマンである。巻末の参考文献一覧に見られるようにたいへんよく調べられていて、最近よくあるグーグルからの引き写しめいた情報小説とは異なり、ペダントリイが内容に溶けこんでいて違和感がない。物語の流れ、時おり挿入される現代のエピソード、それぞれのキャラクター、いずれも文句なし。ラストの盛りあがりまでがやや冗長。細部をより文芸的にと注文をつけておきたい。

文学史のおさらいめくが、まず神話・英雄譚というものがあり、その主人公は神や英雄であって通常の人より優れた能力を持っていた。次にくるのがリアリズムの時代で、主人公は通常の人と同じ程度の能力の持ち主。そして現代はアイロニーの時代であり、主人公は通常の人や読者よりも劣っている。伊岡瞬『代償』の主人公はあきらかに読者よりも劣った存在として描かれているのだが、それがアイロニーにもユーモアにもなっていない。しかもこれは謎のあるミステリーなのだ。代りに寿人という優れた人物が謎解きをするのだが、弁護士資格を持っている主人公なのに言い返すことすらできない弱い性格では興味が持続せず失われてしまう。こういう人は最近のなさけない男性に多いが、これに感情移入せよというのは無理である。こうした設定でなければ成立しない話なのだろうし、その範囲内で話はよくできているのだが。

これとは逆に柳広司『ナイト&シャドウ』の主人公は超人的なヒーローである。前述のようにこのような人物は時代小説などにえんえんと受け継がれているが、ラストがわかりきっている小説であり、今や古い。最後の数十ページは金魚の糞のように謎解きが小出しにされ、書き落とし、書き残しを総ざらいしているかに読めてしまう。テーマとなるべき動機や主張が途中で分裂し、結局はテーマも主張もないように感じられてしまうのも欠点。

実際に起きた事件をメインテーマとして書くことは文芸的価値としてマイナスにならないか。誉田哲也『ケモノの城』は読んでいて不愉快になるが、この場合は文学的不快さではない。猟奇的で生理的嫌悪感を煽り立てようとするノンフィクションの露悪的な不快さなのだ。捜査の過程はよく描かれているが、これとて実際の捜査過程を書いただけのノンフィクションに思えてしまい、ラストのどんでん返しを思いついただけで書いたように見えてしまう。厚みがなく、文芸としての印象は極めて希薄になった。

万城目学『悟浄出立』は伝説や歴史物語の傍役《わきやく》を主人公にした連作である。傑作として名高い中島敦の『悟浄出世』と一字違いであり、漢籍が基礎的教養だった昔の作家の類似の作品と比較されるのは損であろう。「嫦娥」にわざわざ「じょうが」とルビを振るなど(嫦娥姫の読みは「こうがひめ」)、あまり深くは研究されていないように思えた。

(小説野性時代2014年12月号)

三度読みできる傑作——第6回山田風太郎賞選評

受賞作・佐藤正午『鳩の撃退法』

こんな優れた作家の存在を今まで知らなかった。「直木賞を二度とった主人公」と違って、なんと候補にすら一度もなっていないではないか。文藝春秋は、選考委員たちはいったい何をしておるのか。

書いているのが作者（小説内の）とわかってからはメタフィクションになり、「ピーターパン」の読者への呼びかけの部分がいくつか出てくることでそれが強調され、この小説の最初の読者としての女性編集者二人が登場してからはパラフィクションになる。緻密に計算された錯時法がこの賞の候補作品としては珍しく二度読み、三度読み可能。時折くり返されるパラマウント・ギャグもよく、人物の複雑な関係も、こういうクイズ的なものが好きな読者には楽しめる。最後、現実と小説の境界が曖昧になってややロマンチックに終るのもよい。創作技術は極めて高い。受賞は当然であろう。

青山文平『つまをめとらば』は「鳩」さえ飛んでいなければ受賞したと思われる優れた作品。短篇の配列がよく、最後の表題作が秀逸なので全体に統一感が生まれた。時折ユーモラスになるのもいい。読む限りでは欠点はひとつもなく、格調は高い。しかしこれは単によくできた古典的時代小説であるとも言え、過去の時代小説に登場する女性たちよりはずっと新しい女性像が描けたというのが唯一の功績か。もっと冒険をして、風太郎賞らしい突き抜けたところが欲しかった。

柚月裕子『孤狼の血』は主人公ふたりに魅力がないので迫力が生まれない。アメリカ映画などでよくある設定だが、あれは俳優のせいで面白く見ていられるのだ。日岡が次第に大上に心酔していく過程が文芸として描かれていないのは最後のどんでん返しの為なのかもしれないが、これとて映画の刑事物でよく見られる決着だ。やくざが大勢出てくるが、名前が出てきても誰だかわかるように工夫しているのはよい。

木下昌輝『人魚ノ肉』は、読んでいて不快感があった。文学的不快感なら歓迎するが、これは生理的不快感である。それを読者に与えようとしているのなら成功している。山田風太郎には『妖説忠臣蔵』という傑作があるが、これも妖異譚だから、それにあやかっていいだろう。『妖説新撰組』にでもすれば読者は倍増した筈。このタイトルでは読む気になる人は少ないだろう。SF作家としては人魚の生物学的正体や、人によって発現のしかたが異なる変異の科学的理由についても書いてほしかったところである。「作者は提出した謎について、物語が終るまでにすべて解決しておく責任がある」(亀山郁夫)。人のことは言えないが。

島本理生『Red』は林真理子委員の選評で言い尽されると思うので割愛する。この作品にも『孤狼の血』にも『人魚ノ肉』にも言えることだが、リーダビリティということを考えてほしい。小生はこの英語を「読み続けさせやすさ」と解釈している。

(小説野性時代2015年12月号)

不徹底さによる拮抗――第7回山田風太郎賞選評

受賞作・塩田武士『罪の声』

今回は作品が拮抗した。そのため票が割れた。この結果を踏まえ、受賞作、票を集めたもの、そうでないものを含めて任意に感想を述べていく。

中路啓太『ロンドン狂瀾』は鈍牛の如く力業で粘り強く書き上げた力作である。その粘り強さが外交や政争の重さと重なり合って歴史小説としての重厚性を増している。しかしその粘り強さが読者にまで強要されると娯楽性が失われてしまう。舞台がロンドンであるうちは華やかさもあり楽しんで読めるが後半の日本になると史料が詳細に述べられているため似たような応答の連続となり、読者は疲労する。もっと娯楽性に徹してもらいたい。

雫井脩介『望み』は現在問題になっている事件をテーマに描いていて、小説にするのは早すぎるかとも思うが、それ故の迫力がありその勇気も評価できる。しかしこういう結末になるであろうことが読者には早いうちからわかっているので最後は不徹底なままに終わってしまう。文章は粗いがいいところもある。群がるマスコミを「正しい」と思うが「だからこそ始末が悪い」と思う部分などは特に秀逸である。

山田宗樹『代体』はややこしい内容をこれだけ読みやすく書いたことが評価できる。ただ最初のうちにだいたいどんな内容かわかってしまい、壮大なラストになるだろうことが想像できてしまうため、読み終えても「予定通りの感動」しか生まれない。一人称と二人称の使い分けは上出来であり、人物の描き分けもよい。気にかかる部分の多かった前作『百年法』よりも文章はずいぶんよくなっている。

塩田武士『罪の声』はグリコ・森永事件を題材にしている。小生自身が関西にいたので興味深く読んだ。こちらは昔の事件だけに文献もたくさんあり、そうした資料を多く参考にしているが、これは枚数稼ぎにも見え、だから迫力が生まれない。事件のことを知っている読者、知らない読者、どちらの読者を対象にして書いたにせよ見当違いに思える。主人公二人が一緒に活動を始めてからの主観がどちらの視点なのかもあやふやになってしまった。

垣根涼介『室町無頼』は、せっかくスーパーヒーローを創造しておきながら、後半、あまり活躍せず、知的にはほとんど成長していないのが物足りない。前作『光秀の定理』よりも文章はずっとよくなっているものの、あの実験性は失われた。歴史小説、剣豪小説、時代小説など各ジャンルの過去の作品と比べて、特に突出した趣向がない。

万城目学『バベル九朔』はSFとしてもエンタメとしても、無論前衛文学としても不徹底である。他人の夢をなんの工夫もなくえんえんと聞かされたような虚しさが残った。全体をもう少しユーモラスにし、最後をもっと滅茶苦茶にしてしまえば何とかなったのではないかと思う。

（小説野性時代２０１６年12月号）

文芸におけるバランス感覚――第8回山田風太郎賞選評

受賞作・池上永一『ヒストリア』

柚月裕子『盤上の向日葵』は以前候補になった『孤狼の血』に比べて進歩が著しい。エンターテインメントとしての面白さ、迫力、文章力、文句なしである。全体の骨骼として松本清張『砂の器』のパターンであるところから、途中で犯人の想像がついてしまうことぐらいが瑕瑾であろうか。この作品には高得点をつけたのだが、将棋の知識がなかったので押し切られてしまった。

受賞した池上永一『ヒストリア』は近現代史のいくつかの局面でヒロインが活躍するという手法が、スエーデンの作家ヨナス・ヨナソンの『窓から逃げた100歳老人』の例はあるものの、よく勉強していて面白い。ただし似たようなエピソードが同じような経過を辿って繰り返されるので退屈する。全体の構成はよいので刈込むべきであろう。またヒロインが何度も死ぬほどの目に遭っていながらすぐ元気になって活躍するのはリアリティに欠ける。これは表現や描写が極端なためにこうなるので、この辺は作家としてのバランス感覚であろう。

木下昌輝『敵の名は、宮本武蔵』だが、立合いの描写、改行の多さ、句読点の打ち方などに過去の大衆小説の悪しき伝統の残滓が窺え、ひとりよがりになってしまった。時系列の無視つまり錯時法、省略法などは実験的で文芸的レベルが高い。その錯時法なのだが、ラストの宮本無二《むに》の登場など、完全に殺されていると思った者が次章で甦っていたりするので錯時法と勘違いするという弊害が生じている。ただし史実に密着するかに見せかけた史実の挿入やその独自の解釈は優れている。

澤田瞳子の『腐れ梅』は最初の一行を読んで吃驚した。自分の作品を棚に上げて言うなら、これは下品である。文章も内容もだ。これで一定のレベルの美学は保持しているというのであれば、作者の美学の許容ラインはずいぶん低いと言わざるを得ぬ。主人公はじめ登場人物たちの性格が局面局面でころころ変わるご都合主義、神輿入京のくだりの群衆処理のまずさ、その喧噪の中での長ったらしい口論などの非合理性、非現実性。表現、描写が極端であり、それが何度も繰り返される。だから菅原道真関連の記述がとってつけたようになってしまう。これもまた作者のバランス感覚の問題であろう。

森見登美彦『夜行』は、のっけから日常的で自動的な説明的文章が続く。「冬のビー玉のような匂い」とか「川底に沈んだ山椒魚のような血色の悪い」など洒落たいい表現があるが、こういう文章がもっと多出すればよかった。この作品も全体的に作家としての常識や作品内世界のバランス感覚が疑われる。発狂するほどの恐ろしい現象なのに「よくある話」で切り捨てられていたりする。怪談のオムニバスであるなら各エピソードを最後に結びつけるべきだし、怪談によくある不合理性や曖昧さは必ずしも怖さにつながらないことを知っておくべきだろう。

（小説野性時代2017年12月号）

Ⅳ

不良老人は
こんなに楽しい

佐々木敦『筒井康隆入門』推薦文

わし以上にわしのことを知っている人がいる。困ったことである。ハダカになったような気分になるからだ。しかし一方では、こういう人がいると自分を見失わずにすむから有難いことでもあるのだが。

（『筒井康隆入門』帯２０１７年９月）

佐々木敦『あなたは今、この文章を読んでいる。』推薦文

わたしは本書に刺戟を得て創作意欲を触発させられた。今度、雑誌「新潮」に描いた短篇「メタパラの七・五人」はまさにメタフィクションからパラフィクションへの移行を小説仕立てにしたものに他ならない。わたしは作家にこんな示唆をする批評こそが真の批評だと思う。

（『あなたは今、この文章を読んでいる。』帯２０１４年９月）

筒城灯士郎『ビアンカ・オーバーステップ』推薦文

どんでん返しにも驚かされるし、着地もみごとだ。

このような続篇とオマージュを得られて今、よき後輩に恵まれた幸福をつくづく満喫しているところです。（上巻）

破綻の一歩手前で踏み止まった後半のハチャメチャさには感服の他ない。
次は是非とも「ビアンカ・オーバーバランス」を書いていただきたい。（下巻）

（『ビアンカ・オーバーステップ』帯２０１７年３月）

筒井版「大魔神」シナリオ執筆の経緯

「大魔神」を再映画化するから、シナリオを書いてくれ、という依頼が大映からあり、なんでぼくに、と問えば、筒井さんしかいないという徳間社長のお言葉だ、ということなので、おれは引き受けた。わはははははははは。そうかそうか。大魔神か。それならおれ以外に書き手はいるまいな。「大魔神」は昔、梅田新道にある大映封切館ですべて見ている。そしておれは藤村志保のファンでもあったのだ。

＊＊＊

いよいよ書こうという時になって、大映から、アイディアについての会議を開きたいので来社を願うと言ってきた。社内のそれぞれの担当者十人ほどを集め、ディスカッションをやるのだと言う。そんなこと、聞いていないぞ。

＊＊＊

しかしまあ、それが映画というものなのであろう。いいアイディアを貰えるかもしれないではないか。おれは大映に出向き、会議に加わった。そして会議が始まった。みんなそれぞれに思い入れがあり、勝手なことばかり言う。このアイディアを是非入れてほしいと言って一歩も引かないやつもいる。結局、ほとんど全員のアイディアを何らかの形で生かさなければならない破目になった。

＊＊＊

テーマそのものはよかったと思う。賢明な統治者がいて、民は愚かな連中という、今までにない設定にした。ところがいろんな着想を鏤《ちりば》めたためにテーマが拡散してしまった。このあたり、小生のシナリオをお読みいただければわかると思う。このシナリオを読んだ社内の連中が「つまらなくはないが、面白くもない」という感想を漏らしていたが、その通りであろう。なるべくしてそうなったのである。

＊＊＊

「筒井さんに、ああしろこうしろと言い過ぎたのではないのか」と、徳間社長が言ったというので、書き直してくれという再度の依頼があった。「まあ、ご存知のようにシナリオというのは、なかなか一発で決まるということはないので」と言われたのだが、おれはもう書く気を失っていた。その後シナリオは他の脚本家の手によって書き直されたのだが、いったんおれの手によって書いたものを基本的に生かしながら書き直すというのは至難であったらしく、もしそれができるのならとうにおれがやっているわけなので、やはり今ひとつぱっとしなかった。ついにシナリオは没になり、「大魔神」の企画は頓挫した。

＊＊＊

これが小生のシナリオ「大魔神」執筆の経緯である。

その後、藤村志保さんとは映画で一度夫婦役をやり、新橋演舞場の芝居でも一度ご一緒した。シナリオを執筆する際にビデオで何度も見返した「大魔神」の話題で、何しろ見た直後だからずいぶん盛りあがり、志保さま志保さまなどと言ってつきまとったりしてずいぶん親しくなったりもしたので、あのシナリオを書いたことは必ずしも無駄ではなかったのだと勝手にそう思っている。

（『大映特撮映画大全』角川書店２０１０年７月）

小説と共時性

現代演劇や現代舞踊の技法には、小説で表現することが不可能と思われているものが多くある。だがそれは「表現不可能」と思われているだけであって、実は表現可能ではないのか。無理だと思われているものを無理に試みたがゆえに、とんでもない実験的な小説が生まれることもあり得るのではないか。

ずっとそんなことを考えてきた。演劇にも携わってきた小説家として、当然思考の方向がそのあたりに向くのはあたり前だとも思い続けてきて、別段おかしな考えであるとは思いもしなかった。ただ一方では、これは他の小説家にとっては通常、あまり考えられることのない、いささか変った考えかたであることも承知していた。だからこそやってみようと思ったのであって、一般読者や同業者が首を傾げたり、もしかすると「錯乱の産物」として眉を顰めるかもしれないような小説を創ることこそわが使命では、などと自分で勝手に舞いあがったりしていたのだった。

「ダンシング・ヴァニティ」の最初の百二十枚は約半年かかって書いた。なにしろこの小説は最初から決められているエンディングに向かってなだれ込むように書いて行くというものではなく、目の前にある岩盤をとりあえず掘削して行き、どこに出るかわからないという作業の必要な作品である。百二十枚書いたくらいで雑誌の連載を始めたのでは、僅かな枚数の連載であっても何度か行き詰まるうちにはたちまち追い詰められてしまうであろうことははっきりしている。だから当然、まだどこに発表するかも決めていなかったのである。ところが過日、小生が選考委員もつとめている谷崎潤一郎文学賞の授賞式のパーティで本誌編集長の矢野優に逢い、今何を書いているかという問いに答えてこの作品のことを洩らしたら、さっそく見せてくれと請われてしまい、最初の百二十枚を送ったのであった。

読み終えた矢野氏から少なからぬ興奮と驚愕を伴ったメールが届いた。「コピー&ペーストによりデータが増殖するかのように反復=継続する世界。そして何がオリジナルで何がコピーかがもはや意味をなくし、散乱し分散する意識／無意識／言語がネットにおけるリンクのように関係しあう世界。『ダンシング・ヴァニティ』はそのような世界のダイナミズムを捉えているのではないかと思いました」という感想に続き、「実は先月末に校了し、十一月七日発売の小誌十二月号に掲載される中原昌也氏の三十八枚の短篇作品『怪力の文芸編集者』が、その反復形式（あるシーンが場面内容のみならず描写表現の次元で延々と反復されながら、少しずつ変容する）において、『ダンシング・ヴァニティ』と非常に似ているということです。実のところ、『ダンシング・ヴァニティ』を拝読し、驚きました」とあるのだ。小生も驚き、「怪力の文芸編集者」をゲラ刷りで読ませてもらったところ、なるほど形式といい技法といい、わが作品にそっくりである。本誌の先月号をお読みになった方なら、どんな作品かはご存じであろう。

シンクロニシティというものは、あるものだなあと感嘆した。わが作品とシンクロしたのであるから中原昌也、天晴れという他ないが、小生からすれば最先端を行く最も若い文学の革命児とシンクロしたのだから名誉なことと言わねばならない。むろん異なるところは多いが、その形式において中原作品がサミュエル・ベケットに捧げられていることでもわかるように、その反復には演劇的な「肉体性」が強調されているのに対し、小生の作品はタイトル通りモダンダンス的な、三浦雅士が謂う「身体性」を強調しているという違いがある。また矢野氏が指摘した本質的な違いというのは、中原作品が「反復形式を駆動させるエネルギーが『延々と繰り返される無駄な労働』への中原氏のフェティッシュな欲望である」のに対して、筒井作品は「インターネット時代の新しい人間精神を小説的言語がいかに描きうるかを試みたもの」という解釈であった。

しかし形式の次元だけではあるがこれだけ類似しているものを同時に書かれては、シンクロニシティという他ないのではないか。矢野氏も「形式の次元において、私が驚くほどの類似性があったことも事実」ではあるが、「むしろ謎めいた面白い事態ではないかと感じております」と書いてきた。また中原氏にこのことを急ぎ電話で伝えた矢野氏は「中原さん、面白がって笑いながら、同時に掲載しようなどと（自分がすでに最終校正を済ませていることも忘れて）言ってました」と報告してきた。

数日後、原宿のわが家にやってきた矢野氏といろいろ相談した結果、「こんな先駆作品が出た以上は、早く発表した方がいい」という結論に達した。しかし小生が一回二、三十枚の連載を求めたのに対して矢野氏は百二十枚一挙掲載の方が衝撃的であると主張し、ついに二月号において、書いた分すべてを第一部として発表することになってしまった。
来月号の本誌のわが作品と、先月号の中原作品を読者におかれてはどうぞ読み比べて、われらがシンクロニシティに共鳴してさらなる共感を味わっていただきたい。

（新潮２００７年１月号）

『聖痕』作者の言葉

二十年前、本紙に「朝のガスパール」を連載した時は、読者参加という形式だったからでもあるが、まるで社会に参加しているような気持ちになることができた。あの気分をもう一度味わいたいと思っていたのだが、今回それが実現したのはうれしい。「もしも」という想定の作品になるがＳＦではなく、通常の現代小説である。ただし実験的に枕詞を含む古語を多用し、今は使われていない言葉の復権と、それによる新たな表現をさぐっていきたい。七十七歳。「最後の作品」という意気ごみで書くつもりだ。

（朝日新聞朝刊２０１２年７月５日）

文体の実験　伴走に感謝――「聖痕」連載を終えて

葉月貴夫その他の人物の約四十年にわたる人生を八ヶ月で併走し、なんとか無事に終わらせることができた。幼時に性器を喪失した主人公貴夫が、どのような人格になって現代の社会を生き、他の登場人物たちとかかわっていくかという思考実験の伴った小説だった。去勢された人間としての中国の宦官《かんがん》に見られた権力欲、即ちアドラーの謂う「権力への意志」などは現代にそぐわないから、ある種の反社会性を持たせたままでひたすら美味を志向させたのである。

また、復活させたい古語を多用するに相応しい文体で書こうとする苦心もあった。通常の会話では古語を使わないから鉤括弧で括らず、すべて地の文にするなど文章の実験もやっている。こうした実験がどれほどの文学的価値を持つものか作者にはわからず、読者や批評家の判断に委ねるしかないのだが、作品が完結した今となってはどのように評価されるかを、いささかの不安とともに楽しみにして待つしかない。

新聞の活字が大きくなり、連載小説の一回の収録枚数が、日本ＳＦ大賞を受賞したわが二十年前の「朝のガスパール」連載時の三枚から今回の「聖痕」では二枚に減ったため、いかにして一回分で読者に満足感を与え得るかも難題だったが、さいわいこれは会話のない地の文ばかりの作品だったから内容が凝縮でき、その分読みごたえに繋がったのではないだろうか。

本来はひとりで孤独に走らねばならぬ作者に対して手紙やメールやブログなどで連載に伴走してくれた人たちにお礼を申しあげる。「毎朝読んでいる」と言ってくれた大江健三郎、川上弘美ほか何人かの作家の方がたに感謝したい。この人たちのことばがどれほど力強い励みになったことか計り知れないものがある。また、毎回の作品内容に相応しい絵を制作してくれた息子・筒井伸輔にもその労を犒《ねぎら》いたい。

最後になってしまいましたが、作者の実験におつきあい願って、読み馴れない古語や枕詞、さらには面倒なその注釈などで多大の労を強いた読者諸氏にも、お詫びとともに深く感謝の意を捧げます。長期間のご愛読、ありがとうございました。

（朝日新聞朝刊２０１３年3月18日）

「創作の極意と掟」について

小説は誰にでも書ける。文章が下手だからこそ迫力が出る場合もある。まるきり文章になっていないような作品であってさえ前衛的な文学になり得るし、終始そのような文章で書かれた傑作さえ存在する。ほんの少しの助言で、初めて小説を書いた人の作品が傑作になることも多い。実はこれは小生が何人かの作家希望者の文章に助言してきた体験から言えることなのだ。ならばその体験を文章にして、なかなか自分の思い通りの小説が書けない初心者や新人に助言し、時には中堅やベテランにもちょっとした示唆を与えてあげることはできないだろうか、という少し驕った考えがきっかけでこのエッセイ「創作の極意と掟」は生まれた。だからこの本は理論書ではない。小生自身がそんな小説理論を書けるような文豪でもなければ小説の名人でもないのだから、あくまでエッセイなのである。

その自分のことを棚にあげて言うならば、例えばプロのベテラン作家の作品を読んでいてさえ、あっ、ここは間違えているなと思うことが多い。これはつまり校正担当者が直しにくい間違い、つまり思い違いだとか、誤った思い込みとか、誤った引用のしかたをしているとかいったことであり、こういう人は誰も注意する人がいなかった場合にしばしば別の作品でも同じ間違いをしているものだ。今までなら「またやってるな」と思って笑ってすませていたのだが、歳をとってきて誰かの面倒を見たい欲求が増すと、これはちょっとまずいのではないか、誰か教えてやった方がいいのではないかと思いはじめたのだ。小生自身の作品にだって間違いはたくさんあるのだし、だからこそそれを教えられた時のありがたさはよく知っている。この本にはほぼ六十年小説を書き続けてきた自身のそのような経験も含め、小説を書こうとする人に遺そうとするちょっとした知恵が収められている。

小説を書きはじめたばかりで西も東もわからなかった頃、丹羽文雄の「小説作法」という本を読んだことがある。これはある意味、小説の何たるかを教えてくれた、当時のぼくにとってはありがたい本であった。よく記憶しているのは「小説の文章は必ずしも読みやすく書くのではなく、時おり読者をまごつかせたり混乱させたりするような複雑な書き方をした方がよい」という、あらましそのような箇所だ。文法的に間違っていても、読者に時おり立ち止まらせて少し考えながら読み進めさせるような文章を、というようなことである。ここでぼくには、文学には厳密な作法というものはなく、わりといい加減なものらしいということがわかった。問題はそのいい加減さがどのような種類のもので、どの程度のものかということだった。以来小生はしばしばこの一節を思い出しては反芻し、いい加減さの追究をすることになる。しかし、それ故に以後小生は小説作法の類のものを一切読んでいない。いい加減なものであることがわかった以上、さらに厳密な作法を求めて何になるだろう。現在たくさん出ている「文章読本」の類もほとんど読んでいない。小説とは何をどのように書いてもいいのだという基本的な考えが確固として存在しはじめていたからである。

　現在では、何を書くかよりもどのように書くかが重要とされている時代ではあるが、だからと言って何を書くかが等閑《なおざり》にされてはならないだろう。小生はさまざまな文学評論を読んで何を書くかを考えた。無論それぞれの作家の資質は違うから、あくまで自分は何を書くべきかを考えたのである。いちばん影響を受けたのはテリー・イーグルトンの「文学とは何か」であったろう。これは文学史、文学評論史でもあったから、現存在としての自分の立ち位置がわかり、文学世界の中のおのれの場所や地位（ニッチ）を特定することもできたのだった。それ以前から「何を書くべきか」を求めてブーアスティンなど社会科学の本をたくさん読んでいたことも正解だったようだ。しかしこれらはあくまで小生の資質に合った、つまりは好みの本だったのだから、すべての人に勧めようとはまったく思わない。本来書くべきことは作者本人の中にあるもので、どう書くかとの兼ね合いで何を書くかも決められねばならないだろう。

　何度も言うがこれは理論書ではない。読者は各章の表題によって自分の知りたいことを求めるかもしれないが、そこに答はないとお考えいただきたい。そうではなく、筆者がいちばん重要だと思う順に書かれている内容を最初から順に読んで行かれることが最善であり、すべてを読まれるならそのどこかに答はある筈だ。最初の「凄味」「色気」といった他の人があまり書いていないようなものをこそ、小生は読んでいただきたいと思うし、必ずやお役に立つであろう。

皆さんね、一生のうち一度は小説を書いてください。エンターテインメントと純文学を区別しないで書いていますから、それぞれの作家希望者やプロの作家はさらなる高みを目指して書いて欲しいと思います。

（本2014年3月号）

虚構への昇華について

大きな社会的事件が起ったとき、ともすればそれを作品に使いたいと考えることが昔からよくあった。しかしその頃はＳＦ作家とされていたので、何らかのＳＦ的アイディアや小説的趣向を加えない限りは、書けなかったし、書かなかった。それは今でも、普通に小説を書く時の枷となっていて、なんとなく自分に課していることである。

東日本大震災後、むろん思うところは多かったが、それをただちに題材にして書くことは考えなかった。「起ったばかりの大事件をすぐに小説に書くのは寒い行為だ」などと言う人がいるが、どうしても書きたいと思うなら書けばいいのであり、すぐナマでは書かないし書きたくないというのはただの習性でありわが資質であろう。さらにその上、出来合い急拵えのアイディアや趣向で書けばろくな作品にならないことは自分でもわかっている。ながい時間をかけて発酵させた方が、自分という作家の場合はよい作品が書けるのだ。

実際にあったことをすぐ小説に書くと評判が悪いことは確かである。考えを昇華することが必要であるとか、未消化であるとか、ひどい時には下痢気味に執筆しているなどと言われたりもするのだが、このあたり、作家でない人にはわからぬ、作家なればこその想いもある。作家によっては、その時の大きな想いをすぐに書かなければ、あとになればなるほどことばを失ってしまうという人もいるのである。しかし少なくとも自分の資質はそうではないとわかっているのだ。

だが、震災後半年で早くも依頼があった。「小説新潮」の別冊として「ストーリーパワー」なる雑誌が企画され、これは特に震災をテーマとしてはいないと謳われてはいたものの、やはり巻頭言や「今こそ物語の力を、物語に力を」という惹句からもうかがい知れるように、結果的にはそのような作品が多く集った雑誌だった。まだまだ震災のことを書くのは早いと思っていたが、災害前の時間に戻り、そこから時間が進まないというSFによくある設定の作品がたまたま着想としてあったため、これを今度の大震災とはせず、過去の戦争または架空の大災害として書いて、「繁栄の昭和」という短篇を発表した。この少しあと、これは今回の大震災をテーマにしているのだが、池澤夏樹も同様のアイディアで短篇を書いていた。あれ以前に戻れたら、という願望充足は幻想的な小説のテーマとして一般的に強いものがあると思えた。

十か月経ち、今度は「不在」というテーマが浮かんできた。多くの人の不在、特定の人の不在、そのような話を何話かにして書く着想を得たので、そのまま「不在」というタイトルの連作にした。ただし今度も大震災を直接には書かず、第一話と第四話は舞台だけを被災地にし、第五話は災害による事故を発端として書いたのみである。

このようにして、わが震災への想いは文章として、断片として、着想として、小出しに出てくるのだが、やがては何らかの形でまとまればいいなと思っている。現在えんえんと執筆を続けている長篇「聖痕」の場合には、結末の近くでやはり被災地を背景としたクライマックスを考えた。災害地を舞台に利用して小説を盛りあげるなどということが許されるのかどうかはわからないが、これが今のところ自分に書け、災害への想いを表現する方法なのでしかたがない。

自己弁護もさせていただくならば、今度のような大震災は、前の世界大戦や敗戦後のことを書くのと同様、あまりにも大きな事件であるために、その時限りのテーマであってはならないと考えているのだ。戦争にしろ戦後にしろ、未だに書きつづけている作家もいれば、誰が書いているというのではなく、すべての作家が心の底に深く蟠《わだかま》りを持ち続けていて、だから今でも常に書かれているテーマなのであろう。今度の大震災も、必ずやそのような重い重い歴史的事実なのだろうと私は思っている。

（文藝春秋臨時増刊号２０１２年３月）

舞台装置

書斎での撮影を嫌う作家が多いと聞く。

わからんこともない。自身の頭脳を覗かれているような気分になるのであろう。連載をいくつもかかえ、締切に追われていて、多くの資料や未整理の書類が散らばっている時ならなおさらそうであろう。

だが小生、そういう時期は過ぎた。

いかに依頼が多かろうと、気の向いた時に気の向いた仕事をすることが許される身分なのである。

別段、自慢しているわけではない。

この歳になったのだから、それくらいのことは許されてもよかろうといういささか甘えた考えなのだ。

実際、仕事の量は減った。

仕事が少ないのだから、せいぜいそれを楽しんでやろうと思っている。だから書斎も居心地よく綺麗に片付けている。この部屋はいわば「のんびりと老後を楽しんでいる老作家の仕事場」という、舞台装置なのである。

（中央公論２００６年８月号）

日常のロマン

日の光はなだらかに過ぎて行き、仔牛の背中のように暖かい。近ごろはヴェランダに座布団を敷き、庭を眺めながら煙草を喫うようになった。本数を減らそうとしているので、せっかくの喫煙中は他に何もしないで煙草を味わうのである。庭に咲いているのは「時をかける少女」、言わずと知れたあの紫の花つまりラベンダーである。お前らわしのお蔭で有名になったのだぞなどと威張ってやったりもする。日向ぼっこをしている姿を客観視して自分でも老人になったなあと思うのだが実際はそんなに老け込んでいるわけではない。

最近は短篇を次つぎと調子よく書けるのである。「文學界」に「一族散らし語り」を書き、「群像」に「科学探偵帆村」を書いたあと「新潮」に「ペニスに命中」という飛切り馬鹿なものを書いた。これは最近「巨匠老いたり」などとネットに書かれたりするので、わしだってまだまだこの程度の馬鹿なものは書けるのだと示すためもあり、また近頃は小説全般にパターン化していて、そのパターンから脱却する技法までがパターン化しているようにも思えるため、一度小説は何をどのように書いてもいいのだという原点を示してやろうという意図もあったのだ。

月に二度、大阪の朝日放送へ出かけていって「ビーバップ！ハイヒール」という、お笑いの連中と一緒のバラエティ番組に出演する。これはもう十年近くも続いている。お喋りのテンポが早いので頭の体操になり、なんだか脳細胞が増えたようにも思う。事実ビーバップに出演してくれた脳の先生によれば、脳細胞は死ぬまで増え続けるということだ。二十歳から減り始めるというのは嘘であり、物忘れが多くなるのは脳の抽出しが増えるためで、あたり前の現象なのだと言う。大阪と神戸の家を月に二度、新幹線で往復しているが、これも脳にはいいことなのだろう。

日向ぼっこをして庭を眺めている時によく思うのは、逗子に住んでいる息子たち家族三人のことである。伸輔は最近運転免許を取ってVOLVOを購入した。うまく運転しているのかなあと思い、無事を願う。孫は小学四年生で塾へも通っている。勉強は好きらしい。どんな生活をしているのだろうと思い、一度行ってやりたいと思うのだが、まだ行ったことはない。

歳をとったなあと思う時もあり、それは昔の作品を何やかやと評価してくれている若い人の文章を読む時である。そんな時はその作品を書いた頃のことを思い出し、その作品の主人公たちに想いを馳せる。本棚を見て、彼ら彼女らが周囲で見てくれていると想像するのは楽しい。どことも知れぬ場所でおれはみんなと一緒にいる。あそこにいるのは「時をかける少女」の芳山和子ではないか。アニメも含めてなんだか数人いる。「時をかける少女」がなんでこんなに沢山いるのだ。隣にはあの七瀬がいる。そして「パプリカ」の千葉敦子。この三人が三大ヒロインであろうな。おやおや、文学部唯野教授がいる。美藝公・

穂高小四郎もいれば、ラゴスもいる。その他その他、全部で百人を越す主人公たちだ。こういう幸せはわしだけのものであろう。最近またテレビの映画チャンネルで何度めかに見たフェリーニの映画「8½」のクライマックス・シーンのように、みんなで手をつないで輪になり、ニノ・ロータのテーマ曲にあわせてぐるぐる回りたいものだ。

五欲が失われていくにつれ胸にロマンの泉が湧いてくるというのは不思議なことである。若い頃はもっとドライだったように思うのだが、これは誰にでもあることなのだろうか。

（文藝春秋2014年1月号）

孫自慢

息子によれば孫は、幼稚園の頃は一種の問題児であったそうな。友達との遊びに興味がなく、すぐに図書室など本のある場所へ行っていろんな本を読みあさり読み耽っていたらしい。まだ読んでいない本があると気になるのである。イケメンだから女の子が何やかやとかまってくれ、散らかしたあとを拾って歩いてくれる子もいたそうだ。この幼稚園時代の女の子は小学校でも一緒で、低学年時代は一人っ子のせいか食べるのがずいぶん遅かったらしく、先生を困らせていたのだが、そんな時も周囲の女の子が何やかやと世話をしてくれたという。小学校高学年となった今でも休みの日には女の子たちが遊びにくるらしいが、嫁によれば、常に、本を読みたいので早く帰ってほしい様子だと言う。

魚に興味があり、水族館へ行くと周囲の大人たちに魚の説明をして感心される。帰校途中の家の庭に金魚鉢があるのを見ると勝手に入りこんで観察する。腹を上に向けて浮いている金魚を見ると「これは転覆病だ」などと家人に教えたりもする。近所の人や、特にお婆さんたちからは好かれている様子だ。

いろんなジャンルの本を読んでいるからか何でも知っているし、とんでもない言葉を知っていたり、穿ったことを言ったりするので先生たちにも評判がいいと聞く。一緒に帰宅する仲のいい友達がひとりできたが、これは大学教授の息子で、やはり読書好きだから気が合ったのだろう。ただしこの子はいじめに遭っているらしい。孫はいじめられてはいないようだ。いじめられそうになると「なんだよう」と言って笑いながら抱きついていくのである。

わが父は動物生態学者であり、おれも突然変異ものなど動物をテーマにした作品も書くSF作家であり、息子は昆虫を題材にして抽象的な絵を描く画家であり、孫がさかなクンに憧れる魚好きであり、やはり動物好きは遺伝なのかなと思ったりもする。時おりくれる誕生祝いの礼状には必ず魚の絵が描いてあって、妻が何という魚かと電話で訊ねるといつも詳しく教えてくれる。海上保安庁の主催する絵のコンクールに出品した魚と船の絵で表彰されたこともあるが、父親の手は入っていなかったらしい。

息子夫婦と孫は鎌倉に住んでいるので、孫に逢えるのは年に三、四回、たいていはあっちから家族で原宿のわが家にやってきて、いつも二、三泊して帰る。こっちから鎌倉に夫婦で出かけたこともある。一族五人、ホテルで正月を迎えたこともある。家の近くにはキディランドがあり、ここへもよく妻がつれて行くが、玩具には本ほどの興味を示さぬらしい。

鎌倉に行った時には皆で葉山の日影茶屋という料亭に行ったのだが、これがいちばん最近の孫との対面であった。この時は今までになく馬が合って孫とはしゃぎ散らし、おれが煙草を喫いに庭の喫煙所に行くと一緒について来たものだ。思うに、祖父と話が通じることを初めて認識できて嬉しかったのではないか。この日はおれもご機嫌になって飲み過ごし、翌朝は二日酔いに悩むことになった。孫はもう一日いてほしいと言い、近くの水族館を案内したいなどと言っていたが、何しろ彼には学校があり塾もある。一泊しただけで帰ってきたが、孫に好かれるというのもなかなかよいものである。ただしこれがずっと一緒にいるとなると、どこまで仲良くできるものか自信がない。

核家族が否定的に議論される昨今ではあるが、離れて暮し、時おり逢うだけというのもそれぞれの仕事柄というものがあり、望ましい場合もあるのではないか。

（中央公論２０１４年６月号）

無敵競輪王

敗戦後、競輪が流行した。当時、自転車に乗れる男の子はみな競輪選手になりたがる風潮があったように記憶している。昭和二十五年、わが不良少年時代のことだ。例によって学校をサボり、映画を見歩いていたのだったが、梅田地下の映画館で「シミキンの無敵競輪王」というドタバタ喜劇を見ている。シミキンとは当時の喜劇王・清水金一。のちに彼の奥さんになる朝霧鏡子も出演していた。東南アジアでおなじみの輪タクというものがこの頃は日本にもあって、主人公のシミキンはこれをバイトにしている。そして彼はやがて競輪選手を志す。特訓を始めたシミキンは練習場へ行く。この練習場のオーナーというのが悪いやつで、選手達が漕ぐ練習用の自転車のペダルをモーターにつなぎ、隣接する製粉所の製粉に利用しているのだ。この頃には製粉所が各所に有り、この映画は当時の世相や風俗をまざまざと反映していた。

さてペダルを踏むシミキンの勢いがあまりに物凄く、モーターが過熱して製粉機があちこちで爆発し始めるところからドタバタになる。製粉所の親爺が頭をかかえ、勘弁してくれと悲鳴をあげる。ここは面白かったので、他のシーンは忘れてもここだけはいつまでも記憶していた。

ぼく自身は自転車と無縁だったが、弟たちが乗りはじめたので、すでに高校生になっていたが乗れなきゃ恥だと思い、近くの公園へ行って練習した。乗ってしまえばいくらでも走れるのだが、乗るときが難しくてずいぶん苦労したものだ。バフという犬を飼っていて、こいつを連れて行ったのだが、運動場を全速力で何周してもバフは舌を出してはあはあ言いながらついて走ってきたのを思い出す。

四十年後、内田有紀主演のテレビドラマ「時をかける少女」に出演した時、土手の上を自転車で走るシーンがあった。僧侶の格好をしていたし土手の上だし、うまく乗れる自信がまったくなかったので、恥ずかしながら押して歩くだけで勘弁してもらったのだった。

（ぺだる vol.27 秋号２０１４年９月）

蕎麦道場

もう六、七年前のことになるが、わが家の近所に「蕎麦道場」という蕎麦屋ができた。裏原宿にあるわが家の勝手口を出て、そのまま青山通りにまで続いている坂道を百メートルほど上ると右側にあり、道路からは、表に面したガラス張りの作業場で主人が蕎麦を打っている姿が見える。

入ると一階はカウンター席であり、五人も並べばいっぱい。二階は四人掛けのテーブル席がふたつ、ふたり掛けがひとつ。

ここの蕎麦は細くて白くてしなやかで、さらに歯ごたえがよくて、絶妙に旨かったものの、優れものの蕎麦粉を使っているためか量が少ない。だからいつも大盛りにしてもらうのだが、それでも少ない。並を二枚頼むのが正解だったようだ。

主人は以前テレビ局で美術を担当していた人。蕎麦への思い断ちがたく脱サラしたのだという。蕎麦へのこだわりは並ではなかったようだ。時どきは貴重な蕎麦粉を仕入れて、限定十皿、などとして供していたが、これにありつくのは至難の業であった。

夜は蕎麦会席というものがあった。蕎麦がき、天麩羅の盛り合わせ、鰯の酢締めなどが出て、最後は蕎麦で締めとなる。よく夫婦で出かけたものだが、年寄夫婦には最適の分量だった。

グルメ・ドラマに出演したとき、わが家の近所に住んでいた宮沢りえが、近くにおいしい蕎麦屋がないと嘆くので場所を教えてあげた。数日後、彼女が来たということを主人から聞いた。いつも満員の客が、入ってきた彼女を見て全員固まってしまったという。「蕎麦道場」はテレビや雑誌にとりあげられて、客がどんどん増えた。蕎麦粉が昼過ぎになくなった、などと主人が嘆くのを二、三度聞いたりもした。スタッフは主人の他に天麩羅を揚げる係のイケメンと、年配の女性ふたり、時おりは主人の可愛いお嬢さんも手伝っていた。

まず、以前からからだが弱そうに見えていたイケメンの天麩羅係が倒れた。次いで主人が、あまりの客の多さに体調を崩し、ついに店をたたむと言い出した。結局は約三年の営業であった。しかし「蕎麦道場」という看板はそのまま。その後主人は新たに蕎麦屋を開店したいという人のために、蕎麦のノウハウを教えているという。今もまだ、やっているのだろうか。

(山下洋輔『蕎麦処山下庵』２００９年５月)

誰か、誘ってくれないかなあ

ながいこと行ってないなあ。ホワイトへ。

歳をとったし、あまり飲めなくなったし、そのくせ雑用が多くて、まったく行けなくなっちまった。

でも、夢ではしばしば行ってるんですよ。そしてそこには懐かしい顔触れがすべて揃っているんです。

亡くなった人や、刑務所帰りの人もいたりするんだけどね。あはははは。

ああ。なんとかしてもう一度行きたいものだなあ。

誰か、誘ってくれないかなあ。


（宮崎三枝子『白く染まれ――ホワイトという場所と人々』２００５年９月）

表現の自由のために

ユーモア、ギャグ、ナンセンス、風刺、サタイア、何でもいいが50年以上読者を笑わせることを考えて書いてきた。わかったことは「笑い」で怒る人もいるということだ。何を言いたいのかといえば、表現の自由についてである。パリの風刺新聞シャルリー・エブドの事件で表現の自由が問題になり、少し以前には表現の自由か人権かという議論が、小生の断筆問題からも敷衍されて論じられたりもしたのだったが、今回の場合表現の自由のためなら何をしてもいいのかという、あきらかに表現の自由を抑制するためのみの議論となっている。不寛容を支持するマスコミの存在さえあるが、小生文筆業者としては当然表現の自由を守ろうとする立場にあるわけで、もし殺意を抱くほど怒る人がいたならばこれは殺されてもしかたがないという覚悟以前に、まずは表現の自由には表現の自由で戦うべきだという論理を提示したい。表現が一部の人の特権であった時代は昔のことであり、今や誰でもがネットで自分の考えを述べることができる世界なのである。それらを許容できるかどうかは読む人の知識、教養、知性にかかっている。

50年前、当時すごい勢いで信者を増やしていた創価学会を「堕地獄仏法」という作品で茶化し、破折された体験がある。この作品を読んだ創価学会の会員でもあるインテリが

「でも、これはこういう話なんでしょ」と言っていた。つまりはこれが知性なのである。新生『サンデー毎日』にはこのような知性、そして言うまでもなく表現の自由を守るための共闘を切に望みたい。

（サンデー毎日２０１５年４月19日号）

日本でも早く安楽死法を通してもらうしかない

認知症になって家族に迷惑をかけ長く生きるよりは早く死んだ方がいいと望む人は多い筈だ。そして同じ死ぬなら苦痛のない方法でとも望むだろう。そんなことを考える人は当然まだ認知症になっていない。頭のはっきりしている老人が安楽死を求めてもその家族の多くは反対するだろうし、そもそも安楽死は法的に認められていない。つまり病院では安楽死をさせてくれない。これを自分でやろうとすると安楽死ではなく自殺ということになってしまう。法的には有罪だ。これだと原則、家族に生命保険がおりないのである。まあ、死んでしまえばあとのことはどうでもいいようなものだが、やはり家族が困るようでは可哀想だ。

では、事故死または他殺と見せかけて自殺するというのはどうであろう。誰でも考えることであり、これをメイントリックにしたミステリーはいっぱいある。それに生命保険会社は自殺なのに保険金を取られては損をするから、懸命になって自殺であることを証明しようとする。だから当然のことながらこのてのトリックは先刻ご承知、あらゆるミステリーのトリックを調べ盡している。残念ながら素人考えで成立つようなトリックはすぐに見破られてしまうのである。

最近、老人の運転する車の事故が多発しているが、わざと車で大事故を起して自分も死ぬというのは甚だ迷惑な死にかただ。家族も責められることになり、下手をすれば何人も巻添えにして自分だけ助かったりする。これはもう目も当てられない結果となるからやめた方がよかろう。

ならば自殺する気で第三者から殺されるという手段はどうであろうか。どう見てもアブナい奴に喧嘩を売り、渡り合った末に殺されるという方法である。相手はやくざかチンピラであり、罰せられて当然の輩だ。だがこれにも難点が二つある。一はこちらも最小限の労力を要する上、さらには相当な苦痛を伴うことである。要するに安楽死にはならない。二は、この方法だと尊厳死とも言えない。本人としては悪い奴をやっつけようとして殺されたという偉そうな言い訳が成立し、尊厳死を主張できる筈と思っていても、無法者と喧嘩して殺されるというのは常識としては馬鹿げた振舞いであって世間的にも聞こえが悪い上、警察沙汰になるから家族にとっても迷惑である。

安楽死を望んでスイスへ旅行する人が増えている。自国民に対して安楽死を認めている国や州はオランダ、ベルギー、アメリカのモンタナ州などたくさんあるが、スイスは唯一外国人への自殺幇助を医師に許している国だからである。勿論、処方された薬を自分で服むのだから自殺とも言えるが、これは誤って服用したという言い逃れもできる。しかし果たして日本の生命保険会社がこれを認めるかどうか。

こうなれば日本でも早く安楽死法案を通してもらうしかない。日本でなんとか認められているのは一種の尊厳死で、これは自然死とも言われていて医者が延命装置を断ったり点滴の針を抜いたり薬を服ませなかったりして延命治療を行わないことである。治療を絶つことによる苦痛が伴うから安楽死ではない。やれやれ。やはり苦痛なしに死ぬというのは日本では至難の業であるらしい。おれにとっての楽しみといえば、まだ未体験のモルヒネを打ってもらうくらいのものか。こうなれば次のように嘯いて自分を宥めるしかあるまいね。「せっかく生きて来たんだから、死の苦痛というものを味わわずに死ぬのは損だ」

だって昔は医者もあまりおらず、たいていの人は自分の家でもがき苦しんで死んだんだもんな。それに比べれば苦痛を和らげる薬を貰いながら死ぬ方がずっとましというものであろう。

（SAPIO2017年2月号）

「不良老人」はこんなに楽しい

この特集「不良老人のススメ」の巻頭言を不良老人代表として書かせていただくのはたいへん名誉なことである。その一方、八十歳になってもまだこのように著述業で収入を得ている自分が、若くして定年退職した人たちに対して申し訳ないという気持もある。しかしこれは昔から「小説書きなどは不良のすること」と言われてきたように、この歳になるまで不良であり続けてきたことが大いに幸いしている。語義通りの意味とは少し違うが「ならず者の傑物」と言われてきた自分がいささか誇らしくもあるのだ。実際にも作家の中で特に真面目だった人はずいぶん早死にしているかに見えるのであり、自分より年上の作家の名を列記し、亡くなった人の名の上に赤線を引いてけけけけけなどと笑っている自分を悪いやつだとは思うが、このあたりが不良の真骨頂ではなかろうか。

定年退職してまず一番に幸せを感じるのはストレスからの解放である筈だ。ところが仕事人間であった人たちの多くが自覚するのは逆に仕事がないためのストレスなのである。なぜそれまで内在していた筈の不良性によってストレスから脱することができないのだろうか。通常は制度内で悪いこととされている飲酒や喫煙が自由にできるだけでもずいぶんストレス解消になる筈であり、それ以外にもちょっとした悪いことは数えきれないほど存在する。あなたのようにいつまでも若くいられるにはどうすればいいでしょうかと訊ねられた人が、あなたも若い頃ずいぶん馬鹿なことをした筈だ、それをもう一度やりなさいと答えたそうだが、これは正しい。

居酒屋へ行って酔いにまかせ上司や同僚の悪口を言ったり、勤務中にサボって喫茶店やパチンコ屋で時間をつぶしたりするとろくなことにならないが、今やそんな拘束からは解放されている。誰の悪口を大声で言おうが一日中居酒屋や喫茶店やパチンコ屋に居続けようが大丈夫である。いやな場所へは老齢を理由に行かなくてすむし、耳が聞こえないふりをすればいやな話や不利益になることを気にせずにすむ。わざとよろめいて若い女性に抱きついていってもたいていは許してもらえるのだからこたえられない。これらすべては老人の特典なのである。

こうしたことを小生、実行したりこれからしようと思ったりしているのだが、これについて罪悪感を抱いたことがないのは不思議なことである。それは罪悪感を抱いてしまえばそれがまたストレスになるからなのであろう。せっかく何ごとからも自由になった筈の老年になってから、それがまた命を縮める原因にもなるストレスを抱いてなんの老年であろうか。小生、命を縮める原因の最大のものはストレスであると思っている。だから酒を飲みたいだけ飲み煙草を喫いたいだけ喫っている。これらが命を縮める最大の原因ではないからである。小生現在健康そのものであるし、ヨーロッパでは現在百十何歳かになるお婆さんが百五歳になるまで喫煙していたという記事があった。

そもそもちょっとした悪事などはすべて人間の本質に根ざしている。福沢諭吉翁の言葉だの印欧語の語源であるサンスクリット語などから考察し、小生の頭にはこんな方程式がある。

善＝偽善　偽善＝悪

または

悪＝真　真＝善

と、いったものであるが、これについては九月七日発売の「新潮」十月号に一挙掲載される最新長篇「モナドの領域」をお読みいただきたい。

但し、いかに悪とは言ってもせいぜいが不良的行為に過ぎないのであるから、人殺しなどは問題外であろう。これはたとえ事故であっても許されないことだ。困るのは例えばいつまでも車を運転していたい老人など、過失致死につながるような行為をやめようとしない老人である。こういう人は誰かに運転してもらって波止場など人のいない広い場所まで行き、自分ひとりで思う存分車を走らせればよろしい。たとえ岸壁から落ちて溺死しても、家族は悲しみに泣くだろうが、一方では老人ホームへ入れる金が不要になるから泣いて喜ぶに違いない。

勿論、老人は早死にした方がいいなどと言っているのではない。生物の使命はできるだけ長生きすることだ。たとえ捕食される運命の小動物だって、生き延びる個体数が多ければそれだけ子孫も増える。

それにしても最近の老人は善良な人ばかりに思えてならない。不良老人や、特に昔よくいた、長谷川町子の漫画のような意地悪婆さんはどこへ行ってしまったのだろう。不良老人や意地悪婆さんであれば、振込め詐欺などに騙されたりはしない筈である。逆に老人であることを口実にして家へ金を取りに来させ、引っ捕らえればよい。腕力で負けそうだというなら包丁で突き殺してもよいし、警官に頼んで待機してもらえばいいのである。

老人ならみな知っていることだろう。昔は条例の数は僅かであった。ところが世の中が平和になるにつれて条例の数がどんどん増えはじめた。これは逆ではないのか。われわれ不良老人にとって住みにくい世の中になってきた。だからこそ今、老人の反骨精神が必要になってきている。老人よすべからく不良たるべし。これが小生のすべての老人に向けた最終的なメッセージである。

（週刊ポスト2015年8月21／28日合併号）

附

インタビュー　作家はもっと危険で、無責任でいい

——今月号の特集「日本以外全部沈没」は筒井さんの有名な短篇小説のタイトルを拝借させて頂きました。このパロディの元になった小松左京さんの『日本沈没』はもちろん、筒井さんのいろんな作品にせよ星新一さんのさまざまなショートショートにせよ、往年のSF小説は文明批評や社会批評の色合いがとても濃かったと思います。今日は特集に合わせて、筒井さんが最近の世界をどうご覧になっているかをお訊ねしようと思いますが、まず話題の最新作『モナドの領域』(15年)について伺わせて下さい。

筒井　どうぞ、どうぞ。

——「わが最高傑作にして、おそらくは最後の長篇」と自ら宣言されていますが、読み始めた途端ぐいぐい引き込まれて、しかもこの発端からこんなところへ連れて行かれるのかという驚愕の展開があり、まさに「巻を措く能わず」状態で読み終えました。河川敷で片腕が発見され、美貌の警部、不穏なベーカリー、奇矯な行動をする老教授などが登場するうちに、やがて〈GOD〉が現れて、人類や世界をめぐる秘密を解き明かしていきます。根源的なテーマに挑まれているし、さまざまな面で筒井さんの集大成と呼びうる作品だなあと溜息が出ました。そもそも、この作品を書こうと思ったきっかけは何だったのでしょうか?

筒井　冒頭近く、ベーカリーで片腕そっくりのバゲットを焼くでしょう？　あそこをまず思いついたんですよ。でも「腕そっくりのパン」というだけでは短篇にもならないなあと思っていたところへ、リチャード・アッテンボローがサンタクロースの役を演った『34丁目の奇跡』という映画をWOWOWで観たんです。あれは『カラマーゾフの兄弟』の〈大審問官〉みたいに、サンタクロースが本物かどうか裁判にかけられるんだよね。これを神様でやってみたら面白いんじゃないかと思いついたんです。その発想と片腕が一緒になった。

たまたま映画がきっかけになっただけで、神様というテーマはずっと持っていました。これは確かに根源的なテーマで、僕にとっては最終的なテーマと言っていいし、小説にとってもあるいは最終的なテーマかもしれない。僕はそもそもカソリック聖母園という幼稚園に通っていたんです。そこでイエス・キリストや神様の物語を叩きこまれたし、家にあった聖書なんかも読んでいました。その一方で、僕は小さい時から悪いことばかりしているわけです。『不良少年の映画史』（79年）を読んだ方はご承知の通り、父親の本を売り飛ばしたり、母親の着物を持ち出して売ったりね。そんなことをするたびに、ふと子供心に「これ、神様がご覧になったら、どう仰るかな？」などと考えてもいたんです。でも、悪いことはし続けるんですよ（笑）。まあ、悪いことをしていたから、神様のことを考えたのかもしれませんね。

大学は同志社に入りまして、ここはプロテスタントの学校で、水曜の三限目かな、チャペル・アワーなんていうのがあったし、宗教学は必修で取らなきゃならなかった。講義の内容はほとんど記憶していませんが、「他人が信仰している宗教を笑いものにしたり攻撃したりする宗教であってはならない」と神学部の教授が言っていたのは覚えています。だから、神様について考える機会が僕にはずっとあったんですよ。現実には、社会人になっても、悪いことはしているんです。女の子を泣かしたり、その他いろいろ口に出せないようなことも含めてね。そのくせ、「現代におけるイエス・キリスト」みたいな宗教関係の本や、アリストテレスやトマス・アクィナス、カントなど〈神の存在証明〉に関する哲学書もちらりほらり細切れで読んでいたし、遠藤周作さんの作品にも影響を受けてきました。でも、〈人間が考えた神様〉というものにどこか違和感があった。本当に神様がいたら、こんなひどい世の中になってないだろうと思うわけですね。

そこで、自分に納得がいく神様を一生懸命に考え始めたんです。それを小説に書けたのは『エディプスの恋人』(77年)の後半、「宇宙意志」を名乗る老人が現れるでしょう? あれが最初でしたね。それから『ジーザス・クライスト・トリックスター』(82年)なんて、キリストを茶化したような戯曲を書いて、自分で主役を演じたりもしました。

今回の『モナドの領域』では、「わしは神などよりずっと上位の存在なんだが」と嘯《うそぶ》く、ちょっとグラウチョ・マルクスにも似た〈GOD〉を描けたけれども、これはやっぱり僕が長年考えてきた究極のテーマだし、さっき仰ってくれたように集大成という面もあって、そこから「最後の長篇」という言葉がフッと出てきたんです。これが最後になっていいと腹を括れたから、これまで読んだ本や思考の蓄積を全て吐き出せたし、「これは今までの作品にも出てきたな」とか「次の作品に取っておこう」なんて考えを持たずに書けたんですよ。

――私のような筒井さんの四十年近い読者としては、例えば『時をかける少女』（67年）が思わぬところで出てきてグッと来ました。

筒井 ああ、あそこで不意を突かれて泣いたと言う読者がいましたね。別の読者は、ずっと便所に行くのを我慢していてあわや洩らすところだったらしい（笑）。

――筒井さんが長年かけて到達した神様像である〈GOD〉は、人類を祝福も救済もしません。さらには、人類の滅亡が暗示されもします。〈GOD〉は「これだけは言っておこう。お前さんたちの絶滅は実に美しい。お前さんたちには不本意だろうが、わしにとってまことに美しいのだ。お前さんたちにはそれを慰めにしてもらう他ない」と言い放ちますね。前作『聖痕』（13年）でも人類の滅亡は匂わされていましたし、『虚航船団』（84年）でも『俗物図鑑』（72年）でも、登場人物が――『虚航船団』では文房具が――みんな滅亡していきます。

筒井 自分がやろうとしてきたことが全てダメになる、オシャカになる、という物語に僕は惹かれるんですよ。メルヴィルの『白鯨』にしてもそうだし……そう言えば、『白鯨』を映画化したジョン・ヒューストンの作品もそんな結末の映画が多いですね。『黄金』然り、『マルタの鷹』然り。だけど、滅亡とか死について、本当の意味で考えられるようになったのはやはり〈老い〉を自覚してからでしょうね。若い頃から死について考えてはいましたけれども。メメント・モリって言葉があるくらいだから、若くても死を考えるのに越したことはないよね。

断筆の真相

――時代を遡ります。「SFマガジン」の創刊が一九五九年十二月で、これに刺激を受けて筒井さんがご家族で同人誌「NULL」を作った――というのは日本SF黎明期の神話的エピソードです。

筒井　「SFマガジン」創刊号は駅のスタンドで「あっ、こんなのが出た！」と飛びつくように買ったのを覚えています。というのは、その少し前にハヤカワ・ファンタジイ、のちのハヤカワ・SF・シリーズが始まっていて、最初に出たのがジャック・フィニイの『盗まれた街』とカート・シオドマク『ドノヴァンの脳髄』で、この二冊がもう矢鱈と面白くて、僕はSFファンになっていましたからね。戦争中、アメリカはSF黄金時代で、リアルタイムでは日本に入って来なかった名作・傑作群が戦後になって一気に入ってくるようになったわけです。

もちろん「SFマガジン」創刊号も面白かった。小松さんがイカレちゃったロバート・シェクリイの「危険の報酬」も素晴らしかったけど、僕はアーサー・C・クラークの「太陽系最後の日」が大好きでした。あれはSFの浪花節（笑）。レイ・ブラッドベリ「七年に一度の夏」も良かったですねえ。編集長の福島正実さんのお手柄だけど、それぞれの作家の一番いい短篇ばかりが載っていましたよね。

――「NULL」が江戸川乱歩の目に止まり、筒井さんは執筆活動の場を広げていきます。初めての短篇集『東海道戦争』、長篇小説『48億の妄想』を共に六五年に刊行、ちょうど五十年前です。個人的な話で恐縮ですが、私が最初に買った筒井さんの文庫本が『48億の妄想』でした。いま読み返しても、メディアの倫理、竹島問題、テレビ時代の戦争、カメラによる監視社会など今なおアクチュアルなテーマを扱っておられ、いくつもの予言が当たっているのには驚嘆します。

筒井　あの頃は「李承晩ライン」というのがあって、日韓関係は当時も最悪と言われていたんですよ。『48億の妄想』で書いたのはテレビ局によるカメラの監視だけれども、今は警察のカメラ監視として現実化してしまいましたね。もっとも、当たらない予言もいっぱい書いてますよ。煙草をシュッと振ると火がつく、なんてのも書いたけど、これだけ喫煙者がいじめられる世の中ではもう実現しないでしょうなあ（笑）。その替り、「最後の喫煙者」なんて短篇は今ほど禁煙ファシズムがきつくなる前に書いたのだけれども、そろそろああなりそうな雰囲気ですよね。

――『東海道戦争』の方には「堕地獄仏法」という〈公明党―創価学会〉批判の強烈な短篇が収録されています。これは先ほど伺った宗教への関心から書かれたものなのでしょうか？

筒井　あの小説の場合、発想の元は宗教団体が政治に関わることのヤバさですよね。僕はあの小説のおかげで創価学会から破折されましたよ。破折も何も、こちらは自分が納得できる神様を考えようとしてきたのですから、人が考えた神様、世にある宗教というものをそもそも僕は信じていません。

――社会批評や風刺、毒といったものを作品の基盤に置かれたのは、出発当初からの姿勢だったのですか。

筒井　毒とか風刺を書くと、みんなが喜んでくれるというか、わかってもらいやすかったんですよ。でも僕が本来書きたかったのはそういう方向ではなくて、大学で学んだシュールリアリズムを書きたかったんです。大学では絵画を中心に教わったのですが、文章であいう効果をあげられないか、理論化もできないかと考えていました。マルクス兄弟の映画がシュールリアリストたちから共感されたように、僕のドタバタもそういう志向から生まれたのでしょうね。『東海道戦争』にもそんな色合いはあると思います。

――以来、千切っては投げ、という感じでさまざまな短篇群を書き続け、『脱走と追跡のサンバ』（71年）なんてすごい長篇小説も書きながら、また直木賞の候補に何度もなりつつ、筒井さんは流行作家へなっていきます。そんな時代に「日本以外全部沈没」をお書きになりました。大ベストセラー『日本沈没』と同じ年、一九七三年の作品ですね。

筒井　あの頃は小松さんが上京すると、しょっちゅうみんなで集まって呑んでいました。そんな席で、星さんと小松さんが「今度は『日本以外全部沈没』ってどうだ」「また星さんが莫迦なこと言って」とかやってる時に、横から僕が「あっ、それおれが書く」と手を挙げたんです。タイトルだけで全部が浮かんじゃった。その場で星さんと小松さんの了解を取りました。

――あのバーでシナトラが迎合的に東海林太郎を歌ったり、オードリー・ヘップバーンやソフィア・ローレンを安く呼べる乱交パーティの話があったり、ニクソンや蔣介石がボヤいていたり、金日成が岩手県をくれと言ったりするのもパッと浮かんだんですか。

筒井 いや、バーの一夜だけであれこれ展開するという設定はあとからきちんと考えたんですけどね。要するに、『日本沈没』だと、外国人が日本に冷たいでしょう? なら、逆に日本だけ沈没しなかった場合、外国人に冷たくしてやろうと(笑)。そういう発想ですね。

――今現在、日本の状況も威張れたものではありませんが、それこそ日本以外全部沈没しちゃうんじゃないかという状況があります。テロも核兵器もどんどん連鎖していきますし、世界経済の方も安穏な感じじゃない。筒井さんは最近の世界をどうご覧になっていますか?

筒井 日本も含めて、もっとひどいことにもなりうる、と思っていますよ。つまり僕は戦争を経験していますからね。僕は大阪大空襲を見ています。千里山のてっぺんの給水塔に上ると、天神橋筋がうわーっと燃え上がっていました。『モナドの領域』で〈GOD〉が似たようなセリフを言うけど、戦争は美しいものだと思いましたよ。

むろん、ひどい目にも遭っています。米軍機から機銃掃射を受けたこともあるし、食い物はなかったし、疎開先で田舎の子にいじめられたし、周りで死んだ人間も多かったし……。阪神淡路大震災や3・11の災害に遭った人は気の毒だと思うけれど、日本中が同じような災厄に見舞われることはあるんじゃないか――戦争を経験した僕たちの年代はみんなそう思ってるんじゃないかな。小松さんも神戸の大空襲を経験しています。僕より三歳上だから、もっと戦争のいろんな面を見たでしょう。それが『日本沈没』の根っこにあるように思いますね。

――そういう体験が筒井さんの場合、ギャグやブラック・ジョーク、パロディ、サタイア（風刺の笑い）の形を取って表現されます。「日本以外全部沈没」でも、「日本だけ沈没しなかったのは、すでに沈下していた中国大陸の上に乗り上げたからだ」という田所博士（『日本沈没』の名キャラクターがここでも登場します）の説に、蔣介石が「ソレ、ヤツラ（中国人）ニ教エテハイケナイアル」「ヤツラ、領土権ヲ主張スルアルゾ」とおどりあがります。今なお変わらぬ中国の領土欲を活写されていて大笑いしました。ああいう場面はご自分でも愉しみながら書かれているのではありませんか。

筒井　もちろん自分も愉しんでいますが、やはり第一は読者を愉しませるためですよね。自分が書いたもので読者を面白がらせたい、笑わせたい、時には感動させたい。ひと言でいうと、読者をびっくりさせたいんです。同じことの繰り返しではびっくりしてくれませんからね、誰もやってないこと、できれば自分もやっていないことでびっくりさせたい。それが創作の原動力、というとおかしいかもしれないけれども。ずいぶん昔ですが、伊藤典夫（翻訳家）が僕を「びっくりおじさん」と評したのは的を射ていましたね。

――「日本以外全部沈没」は私が十代で読んだ頃は『農協月へ行く』（73年）に入っていました。これはタイトル作はじめ、「経理課長の放送」「信仰性遅感症」「ホルモン」など痺れるほどの傑作揃いですね。

筒井　今、「農協月へ行く」がちょっと話題になっているんですって。最近、日本に来る中国人観光客の爆買いがあまり評判良くないでしょう。でも、これを読んでみろ、と（笑）。

——たかだか四十年前の日本の農協のツアーはもっとひどかったんだぞと（笑）。

筒井　みんなしてパックツアーでパリとかへぞろぞろ行ってたわけですからね。あの本はタイトルだけで売れると思ったな（笑）。

——しかし、農協だったりＰＴＡだったり禁煙団体であったり、あるいはキリストや創価学会だったり、さまざまな権威・権力を茶化して来られましたね。直木賞らしき文学賞の選考委員を皆殺しにしようとする『大いなる助走』（79年）もありました。

筒井　文藝春秋の編集者が少年時代に『時をかける少女』をリアルタイムで読んでからの愛読者で、彼から「筒井さんの担当をしたいと言って文春に入ったんだ、どうしても長篇小説を書いてくれ」と頼まれて、あの連載を「別冊文藝春秋」で始めたんです。でも僕は当時の編集長のことをあまり好きではなくてね、じゃあ連載するのはいいけど、ちょっと困らせてやろうと（笑）。

——うわっ（笑）。

筒井　連載も最初のうちはどんな話になるかわからないから、あちらも油断してたんじゃないかな。地方都市の同人誌の話ですからね。それがあんな展開になって驚いただろうなあ（笑）。機嫌を損ねた直木賞選考委員の大物もいたそうです。でも、具体的に何か言われるわけでもないし、巷間言われているように、直木賞にたびたび落ちた恨みで書いたわけでもない。ひたすら「びっくりおじさん」として、面白がらせようとして書いただけなんですよ。僕は何かイヤなことがあっても、「これは面白くなるな」とネチネチひねくりまわして考えているうちに短篇が一つできたりします。自分にとってイヤなことは他の人にもイヤなことだろうから、これをびっくりさせるように反転すればいい、と考えていくわけです。だから、小説のネタには事欠かないものですよ。

さっき言ったように創価学会には破折されましたが、他の団体からは特に抗議を受けたことはありません。何か言われても、こっちも遠慮しないしね。

――ただ、言葉狩りに抗議して、九三年から三年三ヵ月にわたって断筆もされました。

筒井 これ、でかい声では言えないけど、本当のことを言うと、断筆はあのころ忙しすぎたせいなんですよ。依頼が多すぎて、これはちょっと休みたいなあと思っていたところへ、「てんかん問題」が起きたから、これ幸いと（笑）。

あ、自粛したことは一回だけあります。「首長ティンブクの尊厳」（『エンガッツィオ司令塔』00年所収）という短篇は、北朝鮮のことを下敷きに書いたんだけど、さすがに何をされるかわからんというので、アフリカにある小国・ズンベラ人民共和国の話だと変更しました。でも、アフリカにあんな儒教の国なんてないと思うんだけどね（笑）。そしたら僕の作品を韓国語に翻訳してくれている批評家が読んで大喜びして、「これも翻訳させてくれ」。さすがにハングルに訳されると読まれちゃうだろうから、「ちょっと待ってくれ」と（笑）。

みんな本当は戦争が大好き

――最近は筒井さんのように挑発的な言動をされる作家が少なくなった気がします。作品の中でさえ、危険なことをあまり書かない。社会的なことに興味がなくなったのか、作家のモードが変わってきたのか……。

筒井 作家しか言えないことはたくさんあるんですけどね。最近僕は、「また日中戦争が見たい」と言っていますよ。男性に限るけれども、みんな、本当は戦争が大好きなんです。でなければ、あんなに戦争映画が作られるわけもないしね。それに、戦争について議論する時に、戦争が好きだと公言できるやつを一人二人入れておかないと、戦争の本質を考えることもできないと思う。さすがに政治家は「私、戦争が実は大好きなんでして」と言えないだろうから、そこは作家が言うしかない。これは戦争に限りません。それなのに、どうも作家が常識的になっている。作家は「びっくりおじさん」でいいのであって、例えば「民主主義おじさん」になってしまうのはあまりよくないんですよ。もっと危険な発言をしていいし、もっともっと無責任な存在でいい。無責任に「日中戦争が見たい」と言うより、3・11があって一年もたたないうちに、あれをテーマに小説を書いたりする方がよっぽどいい加減な態度だと僕は思っています。

少し前の朝日新聞の「折々のことば」で、松浦弥太郎さんの「それらしいものほど、無責任なものはない」という言葉が紹介されていました。これはよくわかりますよね。文芸の中でいちばん無責任なものは小説です。エッセイや詩、和歌、俳句は大袈裟に言えば魂の叫びでしょ。狂歌や川柳は技法上、笑いの形をとっているけれども、根本にはご政道に対する怒りがあるよね。小説だけが怒りも叫びもなくて、無責任なんです。イギリスの印象批評を代表するベイリーなどに言わせると、「小説はいい加減なものであるから、読んでいて快いのだ」となる。哲学みたいに言葉を一つ一つ定義づけて小説を書くことなんてできませんからね。

だから小説はそもそもいい加減だし、無責任だし、現実をいかにもそれらしく書くものなんです。現実を描かないSFだって、SFらしい世界をそれらしく書くんです。そして、「それらしいものほど、無責任なものはない」んですよね。でも、一番いい加減なのは、3・11なら3・11をよく考えもしないで、すぐに書いてしまうことですよ。自分が経験した戦争中のことでも、僕はやはり長いあいだ書けませんでした。作家が無責任であっていいということと、作品に対するいい加減さとは意味が全然違うんです。

――筒井さんはずっと無責任で魅力的な「びっくりおじさん」としてやってこられました。意識の流れの手法を徹底させて、主人公が失神したら白いページが何ページも続く『虚人たち』（81年）、目下新潮文庫でベストセラーになっている『旅のラゴス』（86年）、小説の中から本当に言葉が消えていく『残像に口紅を』（89年）、最強のミステリー『ロートレック荘殺人事件』（90年）、超高齢化社会で老人たちが殺し合いをしなくてはならない『銀齢の果て』（06年）、ラノベに挑んだ『ビアンカ・オーバースタディ』（12年）等々、本当に長い歳月びっくりさせられてきたと思います。うまく言えませんが、そういうあり方が今の作家には難しくなっているのでしょうか？　筒井さんたちの世代は、社会や文明に対してというだけではなくて、先行作家やそれまでの小説などに対しても戦っていた気がするんです。

筒井　これはね、拡散したんですよ。僕たちは普通の小説であれば文章で、SFであればアイディアで、現実に対する〈異化効果〉をあげようと頑張ってきたわけです。安部公房や大江健三郎など純文学の作家でも同じですよ。ラテン・アメリカ文学を盛んに読んで、刺激や影響を受けたこともありました。で、大江さんが「筒井がその手の本を読んでいるから」と中央公論社で出ていた文芸誌「海」の塙嘉彦編集長を紹介してくれた。「海」に短篇「中隊長」「遠い座敷」（共に『エロチック街道』81年所収）を書いた後、長篇のアイディアを思いついたんだけど、当時の僕にはそれが小説になるかどうか、面白いかどうか判断できなかったんです。そこで塙さんをバーに呼び出して相談すると、のけぞって「すぐ書いて下さい」と即答された。それが『虚人たち』です。このタイトルはル・クレジオの『巨人たち』も入っていますよね。ル・クレジオを間接的に僕に示唆したのは宇能鴻一郎でした。このへん、僕は計画的では全くなくて、流れに乗せられるままなんですね。

そうやってみんなで異化効果を追い求め続けて、さまざまな実験をやってきて、成果もあげて、結局これまでやってきたことに乗っかっている――というのが現在の文学状況なのだと思います。じゃあ、どうすればいいのかと言ったら、やっぱり新しい異化効果を作り出すしかないいんじゃないかな。

SFでもミステリーでもそうです。タイムマシンを作り出したH・G・ウェルズも偉いけど、よく考えたら、盗作呼ばわりされることを恐れずに二番手でタイムマシンを書いた作家もエライんですよ（笑）。その作家がいてくれたから、〈タイムマシンもの〉という一大ジャンルができたわけです。ともあれ、次のタイムマシン的なアイディアを創出するしかない。ミステリーもトリックは出尽くして、組合せとか切り口が面白ければいいというふうな考え方が蔓延してますよね。そんな具合に、どんなフィールドでも、やるべきことは一応はやり尽くした、という状態になったのでしょうな。

――いずこも後から来た世代は大変だ、という時代になってしまったんですね。

筒井　「何かやろうと思っても、筒井康隆がみんなやってしまっている」と文句を言われたことがありますけどね。そんなの知らんがな（笑）。


（新潮45　2016年1月号）

装幀
新潮社装幀室

不《ふ》良《りょう》老《ろう》人《じん》の文《ぶん》学《がく》論《ろん》

発行 2018.11.20

著者 筒《つつ》井《い》康《やす》隆《たか》

発行者 佐藤隆信
発行所 株式会社新潮社
〒162-8711 東京都新宿区矢来町71
電話 編集部 03-3266-5411 読者係 03-3266-5111
https://www.shinchosha.co.jp

印刷所 大日本印刷株式会社
製本所 大口製本印刷株式会社

乱丁・落丁本は、ご面倒ですが小社読者係宛お送り下さい。
送料小社負担にてお取替えいたします。
価格はカバーに表示してあります。

ISBN978-4-10-314533-2 C0095

ダンシング・ヴァニティ　筒井康隆人の世の失敗も成功も、名誉も愛も、家族の死も、自分の死さえも、この小説はその意味を変えてしまう！　驚異の反復文体に中毒必至の乱調（乱丁にあらず）小説登場！

聖　痕　筒井康隆一九七三年、葉月貴夫は余りの美貌ゆえに五歳にして性器を切り取られたが――。聖と俗、性と美食、濁世と未来を担う、文学史上最も美しい主人公の数奇極まる人生。

世界はゴ冗談　筒井康隆巨匠がさらに戦闘的に、さらに瑞々しく――。老人文学の臨界点「ペニスに命中」、震災とSFの感動的な融合「不在」、爆笑必至の表題作など、異常きわまる傑作集。

モナドの領域　筒井康隆バラバラ事件発生かと不穏な気配の漂う町に〈GOD〉が降臨し世界の謎を解き明かしていく。著者自ら「最高傑作にして、おそらくは最後の長篇」という究極の小説！

井上ひさし全芝居（全七冊）　井上ひさし現代日本最高の劇作家井上ひさし戯曲の全貌を明らかにする集大成。二十四歳での処女戯曲「うかうか三十、ちょろちょろ四十」から最後の戯曲「組曲虐殺」までの60編。

兄おとうと　井上ひさし兄は「民本《みんぽん》主義」を唱える吉野作造。十歳年下の弟はお役人。大正から昭和へ、仲良し兄弟も〝国家〟をめぐって大喧嘩！　民主主義の先達の苦闘を描く大好評の評伝劇。

井上ひさし「せりふ」集　井上ひさし　こまつ座編

「ことば」が「せりふ」になると、哀しみは笑いに変わる——。処女作から遺作「組曲虐殺」まで、70にも及ぶ戯曲から、こまつ座が自ら厳選した107の名せりふを収録。

ごはんの時間　井上ひさしがいた風景　井上都

あの頃、たしかにそこにあった家族。かけがえのない思い出が蘇る。井上ひさしの長女である著者が、懐かしい記憶とともに綴る、四季折々、一〇一日分のエッセイ集。

友は野末に　九つの短篇　色川武大

「人生もバクチも九勝六敗のヤツが一番強い」と教えてくれた作家がいた——奇病、幻視、劣等感、無頼、人恋しさ、人嫌い……彼の根本をさらけ出す単行本未収録作品集。

核時代の想像力　大江健三郎

1968年、作家は核時代の生き方を考え、文学とはなにかを問いつづけた。生涯ただ一度の連続講演に、2007年のエピローグをあらたに付す。

《新潮選書》

文学の淵を渡る　大江健三郎　古井由吉

私たちは何を読んできたか。どう書いてきたか。半世紀を超えて小説の最前線を走りつづけてきたふたりの作家が語る、文学の過去・現在・未来。集大成となる対話集。

星新一　ショートショート1001（全三冊セット）　星新一

読んでみようか、読みなおそうか。文庫本39冊にわたる短編1042編を全て収録し、日本SF界の巨星・星新一のすべてがわかる、愛蔵版ショートショート大全集。

みみずくは黄昏に飛びたつ　川上未映子／村上春樹

ただのインタビューではあらない。創作の極意、フェミニズム的疑問、名声と日常、死後のこと……。作家にしか訊き出せない、作家の最深部に迫る貴重な記録。

ウィステリアと三人の女たち　川上未映子

同窓会で、デパートで、女子寮で、廃墟となった館で、彼女たちは不確かな記憶と濛々たる死の匂いに苛まれて……。四人の女性に訪れる救済を描き出す傑作短篇集！

クォンタム・ファミリーズ　東　浩紀

二〇三五年から届いた一通のメールがすべての始まりだった——。壊れた家族の絆を取り戻すため、並行世界を遡る量子家族の物語。批評から小説へ、東浩紀の新境地！

随　想　蓮實重彥

日本のお家芸と言われた島国根性が世界に蔓延し、はしたなさを露呈しあう時代に、我々が遠ざけるべき喧騒、親しむべき思索と快楽を軽やかに綴る、平成の「徒然草」。

伯爵夫人　蓮實重彥

開戦前夜、帝大入試を間近に控えた二朗の、めくるめく性の冒険。謎めいた伯爵夫人とは何者なのか？　著者22年ぶり、衝撃の本格フィクション。〈三島由紀夫賞受賞〉

明治の表象空間　松浦寿輝

世界はすべて表象である。太政官布告から教育勅語まで、博物誌から新聞記事まで、諭吉から一葉まで、明治のあらゆるテクストを横断する近代日本の「知の考古学」。

名誉と恍惚　松浦寿輝

ある極秘会談を仲介したことから、上海の工部局警察を追われ、潜伏生活を余儀なくされた日本人警官・芹沢。祖国に捨てられた男に生き延びる術は残されているのか。

さよなら　クリストファー・ロビン　高橋源一郎

お話の中には、いつも、ぼくのいる場所があるような気がする――物語を巡る新しい冒険。時が過ぎ、物が消え去っても、決して死なないものたちの物語。著者最高傑作。

薄情　絲山秋子

境界とはなにか、よそ者とは誰か――。何事にも熱くなれない男は、自らの内面と向き合い、ひとつの結論に辿り着く。土地に寄り添い綴られる、滋味豊かな長編小説。

焰　星野智幸

真夏の炎天下の公園で、涙が止まらない人で溢れた世界で、人間が貨幣となった社会で。自分ではない何かになりたいと切望する人々が、自らの物語を語り始めたとき。

籠の鸚鵡　辻原登

ヤクザ、ホステス、不動産業者、町の出納室長。欲望と思惑の末に現れる、むき出しの人間の姿。怒濤のスリルと静謐な思索が交錯する、迫真のクライム・ノヴェル。

ゼロからわかるキリスト教　佐藤優

貪婪な新自由主義、過酷な格差社会、「イスラム国」の暴虐――現代の難問の根底にはすべて宗教がある。世界と戦う最強の武器・キリスト教論の超入門書にして白眉！